Carlos Guillermo Domínguez

La Casa del Pánico

edebé

Paseo San Juan Bosco, 62
08017 Barcelona
www.edebe.com

Atención al cliente 902 44 44 41
contacta@edebe.net

Directora de la colección: Reina Duarte
Diseño de las cubiertas: César Farrés
Ilustraciones: Rafael Estrada

20.ª edición

ISBN 978-84-236-7709-2
Depósito Legal: B. 32089-2011
Impreso en España
Printed in Spain
EGS - Rosario, 2 - Barcelona

A mi nieto, Bruno Brusini,
que tiene los ojos como Otto, azules,
como el cielo de verano, limpios y sin nubes;
y como él, ya sabe viajar en la máquina del tiempo.

Índice

1. Lo que cuenta Bunting 9
2. Pili cuenta... el principio de la historia 21
3. Pepe cuenta... las desventuras de Bunting 43
4. Paloma cuenta... el plan Pánico . . 59
5. Pablo cuenta... la aventura con el *Oso Mayor* 75
6. Carta de Dagmar a su hija 97
7. Paula cuenta... la batalla del Pánico . 103
8. Pedro cuenta... el viaje en el tiempo 127
9. Francisco cuenta... el gran viaje . . 141

1
Lo que cuenta Bunting

Abandonada desde hace muchos años, la casa es grande y vieja, pero hermosa. Sobre sus estropeados muros, que muestran la piedra viva, resalta el color verde de las enredaderas, que en primavera se llenan de flores y cubren las viejas paredes.

El jardín que la rodea también es grande. Hay árboles y matas de todos los tamaños que lo convierten en un pequeño bosque lleno de rincones ocultos y misteriosos donde se puede correr, jugar, esconderse y vivir emocionantes aventuras.

Junto al gran olmo, rodeado de castaños, está el estanque. Y, como corresponde, es bastante grande. En el centro se alza la figura de piedra de un individuo un poco raro, con orejas puntiagudas, barba y rabo, que toca una flauta por la que ahora, después de que los chicos limpiaran el estanque y lo arreglaran, salen seis chorros. Es una delicia estar bajo ellos metido en el agua transparente. ¡Qué bien lo pasamos los veranos dándonos grandes chapuzones y jugando con una pelota!

En la buhardilla de la casa, Pilar, Paco y Pepe tienen montada la cabina de sonido. Entramos y salimos por una de las desgajadas ventanas de la casa que llamamos *escotilla de emergencia*. Allí tenemos un tocadiscos que trajo Pilar, discos aportados por todos y un par de altavoces que, si no suenan muy bien, se dejan oír en toda la finca con la música de los mejores grupos.

Pero todo eso fue antes, cuando la casa era nuestra y lo pasábamos bien allí. Ahora ya no es nuestra y por eso estoy muy triste.

Tengo tres años y todo lo que recuerdo de mi vida ha transcurrido en la casa abandonada y en su maravilloso jardín; desde que era un cachorro, cuando los chicos me encontraron tirado en la carretera. Ellos me llevaron a la vieja casa, me cuidaron y me sacaron adelante con los biberones que me traía Paloma y las vitaminas que me daba Pablo.

He vivido allí muy feliz jugando con mis amigos, bañándome con ellos en el estanque, bailando rock y, sobre todo, haciendo de centinela junto a la desvencijada verja de entrada, para avisarles si se aproximaba alguien que pudiera descubrir nuestro secreto, o bien para alejar de allí con mis ladridos y gruñidos a todo el que se acercaba cuando ellos no estaban.

Yo personalmente, o perrunamente, que es más lógico, acabé con las ratas que habitaban en la vieja casa. No quedó ni una para el recuerdo. Fue entonces cuando mis amigos comenzaron a llamarme *Bunting,* que es el nombre de aquel flautista que limpió de ratas y ratones la ciudad de Hamelín.

El caso es que todo esto cambió totalmente cuando menos lo esperábamos. La desventura llegó sin avisar.

Yo estaba aquel día echado a la sombra, junto al gran olmo y los castaños, mirando entretenido cómo las hormigas se iban llevando poco a poco a sus viviendas subterráneas los granos de trigo que Pablo había dejado para ellas. Me había fijado varias veces en la sombra de los árboles, para calcular el tiempo que faltaba hasta la llegada de los chicos. De pronto, el ruido de un coche que se detenía ante la verja me hizo salir corriendo hacia allí.

Efectivamente, un brillante automóvil azul estaba parado y de él descendieron tres personas: un hombre, que me recordó a Papá Noel, una mujer de pelo gris recogido en una gruesa trenza y otra mujer más joven. Los ancianos miraban todo con curiosidad. La joven, muy decidida, llevaba una cartera de cuero bajo el brazo y se movía de un lado a otro señalando aquí y allí, hablando sin descanso con palabras que no logré entender.

Luego llegó un camión del que bajaron media docena de hombres ruidosos que, más que hablar, se gritaban entre sí. La mujer joven se dirigió a ellos y esta vez sí entendí lo que decía.

—Hay que revisar toda la casa, Celedonio. Mire con cuidado y tome nota de los arreglos de carpintería: puertas, ventanas, escaleras..., todo lo que haya que reparar o reconstruir. Usted, Daniel, revise la instalación eléctrica y la del agua...

Los hombres la miraban a ella; ella, a los hombres; y yo, a ella y a los hombres. Seguía hablando cuando las dos personas mayores intentaron entrar al jardín por la oxidada puerta de hierro. De un salto me puse ante ellos gruñendo y enseñándoles los colmillos, lo que los obligó a detenerse y mirarme con caras de susto.

Después todo fue muy rápido y preferiría olvidarlo, pero la historia es la historia y no se debe omitir nada.

Los ancianos hablaron con la mujer joven en aquel extraño idioma. Ésta sonrió asintiendo y se dirigió a mí.

—¡Vamos, chucho, fuera de aquí! ¡Vamos, fuera, fuera!

Mi respuesta fue enseñarle a ella también los dientes y responderle con un profundo gruñido, ese cavernoso y amenazante que empleo en los momentos difíciles. No estaba dispuesto a que aquel grupo de extraños pisara nuestro jardín.

La mujer dio un paso atrás, y su voz no era muy firme cuando dijo:

—Vamos, no se queden ahí mirando. Quiten a ese perro de la entrada.

Mirando, dijo. Mi complejo (y creo que el de todos los de mi especie) es precisamente ver las cosas *a vista de perro*, es decir, de abajo arriba, con humildad; mientras que ellos, los humanos, nos miran de arriba abajo, con superioridad. Quizá sea ésta la causa por la cual la raza humana domina a la especie canina. Esto me ha hecho pensar mucho y llegar a certeras conclusiones. Por ejemplo: ¿por qué los perros nos llevamos tan bien con los niños? Simplemente por cuestión de altura. El arriba y abajo y el abajo y arriba es menor entre nosotros. Está muy claro, ¿no?

Bueno, sigamos con la narración.

Después de que la joven gritara a los obreros para que me echaran de allí, éstos se miraron unos a otros indecisos, hasta que uno cogió una piedra y me la tiró. Me bastó un ligero quiebro para evitarla; pero lo malo fue que todos siguieron su ejemplo y una verdadera lluvia de guijarros cayó sobre mí.

Mientras corría recordé que Pilar había dicho en una ocasión que había que quitar las piedras de la entrada, que hacían muy feo; pero lo que no pensó es que podían convertirse en unos peligrosos proyectiles, como yo mismo estaba comprobando.

Entré en la casa como una centella por la escotilla de emergencia, subí por la escalera y llegué a la buhardilla, es decir, a la cabina de sonido. Me alcé sobre dos patas, metí la cabeza entre los altavoces y miré hacia abajo para espiar al ruidoso grupo que seguía con sus gritos, hasta que éstos fueron bajando de tono y pude enterarme de lo que decían. Primero habló la señora anciana en aquel incomprensible idioma, que no eran ladridos ni palabras, que son los dos que yo entiendo.

La mujer joven la escuchó moviendo la cabeza en sentido afirmativo y seguidamente les dijo a los hombres:

—La señora Kramburg se niega a entrar en la casa mientras el perro esté en ella. Vamos, hay que sacarlo de ahí como sea.

Luego masculló más para sí que para los otros:

—Tengo la casa medio vendida y no voy

a permitir que ese chucho me estropee el negocio.

Diciendo esto, se acercó a la puerta principal, sacó unas llaves del bolsillo y la abrió tras algunos intentos. ¡Y pensar que nosotros estuvimos tanto tiempo intentándolo inútilmente hasta que descubrimos la escotilla de emergencia!

Cuando los hombres se apelotonaron ante la entrada blandiendo serruchos, escoplos, destornilladores y llaves inglesas, me di cuenta de que yo los estaba mirando de arriba abajo y ellos a mí, con las bocas abiertas, de abajo arriba. No pude evitar que mis orejas se enderezaran y mi rabo se moviera alegremente. ¡Se habían cambiado los papeles!

Me retiré de la ventana y busqué por la habitación hasta dar con un trozo de madera que cogí entre los dientes. Me asomé de nuevo y se lo tiré, ladrando: «¡A cogerlo, vamos, a cogerlo!»

Pero no lo hicieron; al contrario, saltaron

en todas direcciones como si la casa entera se les viniera encima.

«¡Échate!», le ladré a la joven que corría de un lado a otro. «¡Quieta, échate!»

No me hizo ni caso. Le quitó a uno de los hombres una llave inglesa muy gorda y me la tiró con unas fuerzas de las que la hubiera creído incapaz.

Me retiré a tiempo, pero la herramienta dio de lleno en uno de los altavoces. Éste se vino abajo y arrastró tras él al otro.

Arreciaron los gritos y, cuando me asomé de nuevo, los vi a todos cubriéndose las cabezas con los brazos. Pero los altavoces no cayeron al jardín; se quedaron balanceándose y colgando de los cables.

Yo estaba perplejo. Mi teoría del abajo arriba y del arriba abajo no había funcionado. Ni fueron a buscar el palo ni se echaron cuando se lo ordené. Sin embargo, me habían tirado una gruesa llave inglesa.

No me dio tiempo de pensar dónde estaba el fallo, pues oí claramente los timbres de las bicicletas. ¡Ya estaban allí mis salvadores! Siempre hacían igual: pulsaban los timbres de las bicis para que yo supiera que llegaban y saliera a recibirlos. Pero esta vez no podía hacerlo, por más que lo deseara, con aquella gente que nos había invadido y me cerraba la salida. Me tuve que conformar con lanzar una serie de ladridos de advertencia desde lo alto de la ventana.

Los vi entrar sorprendidos al observar a los invasores que me tenían acorralado en la casa.

Las siete bicicletas rodaron llevadas por sus dueños. No sé si mi corazón golpeaba más deprisa que mi rabo, o al revés, pero sentí auténtico orgullo perruno al ver a mis amigos avanzar tan decididos, y no pude evitar que de mi garganta brotaran una serie de aullidos de satisfacción. ¡Iban a saber los invasores quiénes éramos!

2
Pili cuenta... el principio de la historia

Bueno, hasta cierto punto aquél había sido un día especial, ya que en el colegio nos daban las calificaciones de fin de curso y, si bien eso es normal, cualquiera puede comprender que para nosotros resultara emocionante.

No voy a hablar de las notas, salvo para decir que, unos más y otros menos, decidimos celebrarlo juntos en la vieja casa, nuestro lugar preferido en muchos kilómetros a la redonda.

Compramos bocatas y refrescos, subimos a las bicis y nos dirigimos allí dispuestos a pasarlo bien y a escuchar unos discos que había traído Francisco, bueno, Paco, como quiere que le llamemos para que se sepa que forma parte de la Pandilla.

Aquella vieja casa la descubrimos Paloma y yo, y como nos gustó tanto, la convertimos en nuestro club de reuniones. Después se unió a nosotras Paula.

En ese momento nos dimos cuenta de una curiosa coincidencia: nuestros nombres empezaban todos por la letra «P». Y hubo otra coincidencia más curiosa aún.

En el espeso jardín de la vieja casa había un gran estanque, sin agua, lleno de hojas secas, en el centro del cual se alzaba, sobre un pedestal, la curiosa figura de piedra de un extraño ser, mitad cabra, mitad hombre, que hacía como si tocase una flauta que llevaba entre las manos. La verdad es que su rostro pícaro, con una media sonrisa, tenía cierto encanto y por eso le hice una foto que un día enseñé a mi profe preferida, la señorita

Ruth. Ésta me contó que era un personaje mitológico, dios de los pastores y los rebaños, y (aquí viene lo bueno) que su nombre era Pan. ¡También con «P»! Me dijo igualmente que, durante la batalla de Maratón, que ocurrió hace un montón de años, los persas huyeron asustados por una serie de extraños sonidos producidos por Pan y así nació la palabra *pánico*. Llegué a la conclusión de que el pequeño Pan era algo macarrilla, pero simpático en el fondo.

Después de aquello pensamos llamar a la vivienda *Casa de Pan*, pero nos pareció un nombre de panadería. Por eso, de forma definitiva, le pusimos por nombre *la Casa del Pánico*, más misterioso y emocionante. Desde entonces, siempre que podíamos, nos reuníamos allí para merendar, oír música y pasarlo bien charlando de todo.

A pesar de que prometimos guardar nuestro hallazgo en secreto, al poco tiempo todos lo sabían en el colegio, cosas que pasan sin saber por qué, y nos conocían por *la Pandilla del Pánico*.

Más de una intentó entrar en el grupo, pero nos defendimos diciendo que sólo podían intentarlo, tras pasar las pruebas pertinentes, aquéllas cuyos nombres empezaran por «P».

Esto dio resultado al principio, pero el caso es que, cuando menos lo esperábamos, se nos presentaron dos hermanos, Pablo y Pedro, solicitando el ingreso, ya que sus nombres empezaban por «P».

Les dimos largas y largas durante días y más días, pero continuaron incansables con su pretensión. Pedro estudia en el mismo colegio que nosotras; Pablo es más pequeño y va a otro centro. Resulta gracioso verlo con su casco de ciclista, que lo hace parecer un insecto de gorda cabeza roja y blanca. Pablo dice que la seguridad ante todo, pero es que no lleva el casco sólo cuando va en la bici, sino todas las horas del día.

Tanto insistieron los dos hermanos que al

fin les dijimos que de acuerdo, aunque debían pasar una serie de pruebas, tales como limpiar el estanque, arrancar las malas hierbas... y todo lo que se nos ocurrió. Aceptaron decididos y cumplieron con exceso; dejaron la vieja casa convertida en una maravilla en menos de dos semanas.

Claro que no lo hicieron solos. El primer día vinieron con un montón de chicos, que pronto se aburrieron. Al segundo ya fueron menos. Al tercer día sólo contamos media docena, y al otro vinieron únicamente con Francisco y José, que no pararon hasta dejar terminada la faena.

Y aquí, finalizada la labor de limpieza y arreglo, empezó otro problema. Francisco y su incondicional amigo José pidieron también entrar en el grupo alegando los derechos adquiridos por el trabajo realizado. Pese a las pegas que puse, los demás estaban dispuestos a aceptarlos.

Yo, la verdad, no tengo nada en contra

de José. Es un chico estupendo y un magnífico camarada.

¿Y respecto a Francisco? He de reconocer que también es un buen muchacho, el mejor de todos, sin duda. Las chicas dicen que es *superguay* y se pirran por estar a su lado. Los chicos lo escuchan siempre y lo que dice no se discute. ¿Entonces? Simplemente que a mí no me hacía ningún caso, como si no existiera para él. Cuando hablaba conmigo, miraba a todos lados menos a mí y, si alguna vez lo hacía, se ponía colorado y tartamudeaba. Tan *guay*, tan seguro de sí, pero conmigo ni *pum*, no daba una a derechas, y eso me daba mucha rabia.

Por eso me opuse diciéndoles que se llamaban Francisco y José, que para pertenecer al grupo se exigía que sus nombres empezaran por «P» y que el trabajo que habían hecho era cosa de su amistad con Pedro y Pablo. Sin embargo, aquella vez Francisco me rebatió la opinión.

—Creo que te equivocas, Pilar. Aquí no hay ningún José; éste es Pepe. Todos le llamamos así.

—Incluso algunos profesores —apuntó débilmente Pepe—. Y mis padres también me llaman Pepe. Lo de José es por mi abuelo... Como es ya muy carroza, todos le dicen *don José esto, don José lo otro*. Pero, en casa, mi abuela le llama Pepe, y los amigos también.

No hubo más discusiones y Pepe fue aceptado por mayoría absoluta.

La sonrisa de Francisco me molestó y le dije:

—Bien, pase lo de Pepe, que tiene toda la razón, pero tú te llamas Francisco y eso no hay quien lo arregle. Así es que, sintiéndolo mucho, no puedes entrar en el grupo.

—Partes de un error, Pilar. Puedes llamarme Pancho o Paco, que son diminutivos de mi nombre. Como ves, tengo más derechos que nadie, lo mires por donde lo mires.

Total, que todos aplaudieron su original respuesta y así entró a formar parte de la Pandilla. En el fondo me alegré mucho, ésa es la verdad.

La Pandilla de la Casa del Pánico era estupenda. De dos habíamos pasado a tres, luego a cinco y ahora éramos siete. Además, he de reconocerlo, iba a estar cerca de Francisco, a verlo todos los días, y eso me alegró más que todo.

En fin, éstos son recuerdos, así que vamos a continuar con aquel día en que todos los miembros de la Pandilla íbamos camino de la vieja casa a celebrar las notas del curso.

Cuando dejamos la carretera general y giramos hacia el camino que conduce a la casa, hicimos sonar, como siempre, los timbres de las bicis.

Normalmente oíamos a continuación los ladridos de Bunting en cariñosa respuesta de bienvenida y pronto lo veíamos aparecer corriendo a nuestro encuentro. Pero esta vez los ladridos fueron de alarma, como aquella vez que Pablo se cayó de un árbol. Esto nos preocupó, y más aún al no verlo aparecer por ningún lado.

Paloma se me acercó con un golpe de pedal, se puso a mi lado y me dijo casi al oído:

—Algo raro pasa, Pilar. ¿No crees?

—Es posible —respondí—. Bunting no falla nunca.

Pedro, que iba el primero, se volvió gritando:

—¡Vamos, chicos, hay que apresurarse! ¡No me gusta esto!

Pedaleamos con más fuerzas y poco después los vimos: un coche azul y un camión estaban detenidos ante la verja de entrada. El pedaleo aumentó y los siete nos detuvimos ante los vehículos. Inmediatamente entramos en el jardín.

Lo que contemplamos confirmó nuestros

temores. Un montón de gente hablaba a gritos y allí, en lo alto, en la cabina de sonido, Bunting, con las orejas tiesas y aullando con todas sus fuerzas, parecía querer contarnos muchas cosas.

Permanecimos unos momentos indecisos y, como siempre, fue Francisco el que tomó la iniciativa acercándose a aquella gente con su mejor sonrisa. Es un chico estupendo, ¿verdad?

—Buenas tardes. ¿Podemos servirles en algo?

Muchas veces le he oído decir: «Dale tu sonrisa a quien no la tiene.» La de Francisco es contagiosa de necesidad, pero en esta ocasión los resultados fueron muy variados. Los obreros sonrieron de oreja a oreja; la mujer de edad soltó algo parecido a una risita; el hombre de la barba gruñó y la mujer joven, que parecía llevar la voz cantante, soltó como respuesta otra pregunta:

—¿Quiénes sois?

—Pues... una pandilla de chicas y chicos.

—Eso lo veo perfectamente, no te hagas el gracioso. Lo que quiero saber es qué hacéis aquí.

La sonrisa de Francisco se amplió y, a la vez que se encogía de hombros, respondió:

—Pues ya lo ve usted. Hemos venido a celebrar el fin de curso.

La joven abrió y cerró sus perfectos y pintados labios sin decir nada mientras sus mejillas enrojecían, como si el carmín se le hubiese extendido por toda la cara.

A mi lado sonó bajita la voz de Pepe:

—No pases, Pilar, el semáforo está en rojo.

Tuve que hacer un gran esfuerzo para que no se viera mi sonrisa.

Por fin, la joven lograba cerrar la boca y, cuando la entreabrió, dijo algo entre dientes:

—¿Y... y con qué derecho venís aquí?

—Es una casa abandonada —replicó muy seguro Francisco—. Nosotros la hemos arreglado y cuidado; por eso la consideramos como algo nuestro.

Miró de frente a la mujer y continuó:

—Son ustedes los que nos tienen que decir qué hacen aquí.

Hacía un rato que el hombre de edad, larga barba y abundante pelambrera paseaba de un lado a otro seguido por la mujer de la trenza gris. Hablaban entre ellos en un idioma del que no comprendí ni una palabra, pero lo que sí entendí fue el comentario de Pepe:

—¿Os fijáis? Ese señor y la señora que va tras él me recuerdan a la Osa Mayor, bueno, en este caso el Oso Mayor, y la Osa Menor.

La mujer joven, tras las palabras de Paco, murmuró algo y corrió a saltitos tras la pareja hablando en aquel extraño idioma. El segundo comentario de Pepe fue definitivo:

—¡Anda, colegas, tras el *Oso Mayor* y la *Osa Menor*, es lógico, va la Estrella Polar!

No fueron las palabras de Pepe, sino las

risas de todos las que hicieron que la mujer joven dejara su órbita, bueno, dejara de ir detrás de los dos ancianos y se acercara de nuevo a nosotros.

—Esto no es un juego, jovencitos, y, como decís vosotros, no estoy dispuesta a que *vaciléis* conmigo.

Me di cuenta de que no sólo mi sonrisa desaparecía. Los rostros serios de mis amigos parecían confirmar que la cosa no era para echarla a broma.

Todos nos pusimos a hablar tratando de hacer prevalecer nuestros derechos sobre la casa, pero *Estrella Polar* nos iba rebatiendo uno a uno nuestros argumentos. Y terminó diciendo con una sonrisa que hacía muy agradable su cara:

—Comprendo lo que sentís, de verdad, pero ya no sois tan niños como para no entender lo que ocurre. Esta casa ha estado abandonada, cierto, pero también es cierto que se ha puesto a la venta, que yo me he encargado de ello, que es como me gano la vida, que este matrimonio alemán se ha interesado por la vivienda y están dispuestos a comprarla... Y que todo iba sobre ruedas hasta la aparición de vuestro perro y ahora, encima, la extraña postura, nada razonable, que habéis tomado.

Pedro, Pepe, Pablo y Paloma empezaron a hablar muy excitados sin que se les entendiera nada, hasta que Francisco alzó una mano pidiendo silencio.

—Lo que dice la señorita es verdad y no puede negarse —ya no lucía su simpática sonrisa y su rostro estaba muy serio—. Hemos soñado aquí y lo hemos pasado muy bien. Es triste para nosotros perder la Casa del Pánico, pero tenemos que marcharnos.

¡Marcharnos! La palabra sonó como un cañonazo y nos dejó a todos sin habla, cada vez más tristes según nos íbamos dando cuenta de su significado. Fue como una palabra escoba que barría tantas y tantas ilusiones, tantos y tantos momentos maravillosos que nunca más volverían...

Mi corazón latía tan apresurado que me causaba dolor en el pecho. Dejé de ver las caras demudadas de mis amigos, a Bunting en lo alto de la buhardilla y a toda aquella gente que me rodeaba. Sólo veía, allá en el estanque, la figura de Pan, con la flauta entre las manos y aquella traviesa expresión en el rostro. Creo que entonces supe lo que sintieron los persas en la batalla de Maratón: pánico.

Poco a poco volví a la realidad. Me di cuenta de que las sonrisas que habíamos perdido los de la Pandilla las tenían ahora los invasores, que nos miraban con expresiones entre benévolas y firmes, pero de clara superioridad de adultos.

El anciano de la pelambrera gris, al que Pepe llamara *Oso Mayor*, alzó una mano señalando hacia la verja mientras decía:

—*Marschieren.*

La *Osa Menor* hizo el mismo gesto y repitió la palabra.

—*Marschieren.*

Y allí se quedaron con los brazos estirados, algo así como nuestro amigo Pan; mas, en lugar de tocar la flauta, señalaban la verja de entrada.

—Dicen que os marchéis —nos aclaró *Estrella Polar*.

—No será sin que venga con nosotros nuestro perro Bunting —se rebeló Pedro.

—Y no sin que nos llevemos nuestras cosas —añadió Paula.

—No hay inconveniente...

Oso Mayor interrumpió a *Estrella Polar* diciendo en español:

—*No haber mucho tiempo. Se hace mucho tarde. No llevar cosas.*

Del interior del casco rojo y blanco brotó con resonancias la voz de Pablo.

—Tanto hablar en su idioma y ahora resulta que sabe el nuestro.

Pepe, que había pasado de la sonrisa al abatimiento, daba ahora muestras de su indignación.

—Pues si lo sabe, me va a oír —y se puso frente al anciano—. Mire, colega, usted será el dueño de esta casa a partir de ahora, pero nuestras cosas no están en venta, no son suyas y nos las vamos a llevar.

—*Nein, nein* —dijo *Oso Mayor* moviendo negativamente la cabeza.

Estrella Polar intervino, primero en alemán, pero en seguida se cambió al español.

—Le repito que lo siento, Profesor, pero estos muchachos tienen derecho a llevarse todo lo que hayan traído. Mientras lo hacen, usted, su esposa y yo iremos viendo la casa.

Hizo ademán de avanzar, pero la señora de edad empezó a mover negativamente la cabeza, e incluso dio un paso atrás.

—¿Qué ocurre? —preguntó la joven.

Oso Mayor señaló a Bunting, que seguía en lo alto de la buhardilla.

—*Hund.*

Estrella Polar asintió sonriendo.

—Comprendo. Chicos, por favor, que vaya alguno a buscar al perro —y añadió, bajando la voz sensiblemente—: Os ruego que no me creéis más problemas.

Cuando Pedro y Paula se encaminaron a la casa rodeados de algunos de aquellos hombres, me recordaron, no pude evitarlo, dos condenados camino del patíbulo.

Tras reunirnos con Bunting, que se hartó de lamernos a todos, fuimos de un lado a otro recogiendo nuestras pertenencias.

Un par de horas después, ante la casa se alzaba el montón de objetos más diversos que uno pueda imaginarse. Nunca pensé, la verdad, que tuviéramos tantas cosas allí. El tocadiscos con sus altavoces y cantidad de discos; libros, muchos libros, revistas y tebeos, que Paula y Paloma iban atando cuidadosamente; el telescopio de Pedro con sus mapas celestes incluidos; los juegos: el parchís, la oca, el aje-

drez, el Monopoly, etc.; dos transistores, varios *walkie-talkies*, repuestos de las bicicletas, los recipientes para dar de comer y de beber a Bunting, su pelota preferida, paquetes de comida para perros, una batería de coche y sus respectivos cables que empleábamos para iluminarnos en el jardín... ¿Para qué seguir? Allí había de todo y en cantidad.

—¿Cómo vamos a llevarnos esto y a dónde?

La pregunta de Francisco era la que nos estábamos formulando todos desde hacía rato; vamos, desde que aquel ingente montón fue aumentando lentamente pero sin pausa.

—En las bicis no podremos llevar ni la cuarta parte —pensó en voz alta Pablo.

—¿Ya está todo recogido?

Estrella Polar estaba ante nosotros. Su amable sonrisa y su rostro arrebolado decían bien a las claras que todo le había ido bien y que la casa había sido adquirida por los clientes extranjeros.

—Sí. Lo hemos recogido todo —le contesté—. Pero ahora no sabemos cómo nos lo vamos a llevar.

Su expresión de sorpresa al mirar hacia aquel gran montón de cosas se convirtió en una carcajada.

—Voy a ver si os soluciono el problema. Maestro Celedonio, venga, por favor.

Cuando el hombre estuvo ante ella, le dijo:

—Los muchachos están en dificultades, como puede ver, para llevarse sus cosas. ¿Sería usted tan amable de llevarlo todo en su camioneta al lugar que ellos le digan? Yo le esperaré aquí revisando a fondo la casa con sus nuevos propietarios.

Celedonio y sus hombres cargaron la camioneta, y el primero nos dijo:

—Podéis subir todos, incluso con las bicicletas. Así tardaremos menos. Uno de vosotros sí ha de venir conmigo y el chófer para indicarnos el camino.

Nos reunimos un momento. ¿En qué lugar íbamos a guardar todo aquello?

Pedro dio la solución.

—Lo dejaremos en el almacén que tiene mi padre. Después, poco a poco, nos iremos llevando cada uno lo nuestro. Yo iré en la cabina para indicarles el sitio.

Y nos pusimos en marcha, y allí, cada vez más lejos, fue quedando la Casa del Pánico, nuestro amigo Pan, el estanque, las hormigas de Pablo... Me apoyé en el hombro de Paloma para que no vieran mis lágrimas y fui a tropezar con las de mi amiga.

Así, tal como lo había planeado Pedro, dejamos todo en el almacén de su padre. Bueno, todo no, faltaba algo, o alguien, y nos dimos cuenta pronto: Bunting. ¿Dónde se iba a quedar Bunting? Varios nos ofrecimos, pero al final se decidió que se lo llevara Francisco.

3
Pepe cuenta...
las desventuras de Bunting

Cómo ha pasado esto no es fácil de contar y aún no me aclaro del todo, colega. Es algo complicado de explicar. Es cierto que a Bunting se lo llevó Francisco, pero también es verdad que ahora lo tengo yo, porque me lo dio Paloma, a quien se lo trajo Paula, que lo había recibido de Pilar. El caso es que pasó por las manos de toda la Pandilla. Y yo, ahora, desesperado, tratando de encontrar una idea para solucionar este rollo.

Muy liado, tío, muy liado, tanto como la pata de un romano, lo sé. Pero voy a tratar de ponerlo en claro.

Parece ser que Francisco llevó el perro a su casa y le explicó a su madre la idea de tenerlo allí hasta que el grupo encontrara una solución.

—Lo siento, hijo, pero no podemos tener perros en casa —fue la tajante respuesta—. Tu padre trabaja, yo también, y tú vas al colegio. ¿Quién se queda con el perro?

Francisco lució su mejor sonrisa diciendo triunfante:

—Ya no hay colegio, mamá; estamos de vacaciones.

—¿Y vas a estar todo el día encerrado con el perro?

—No, claro que no. Lo sacaré al parque y...

—Y lo bañarás, le prepararás la comida, lo sacarás temprano para que haga sus necesidades... Te ocuparás de que no se tumbe en los sillones y los llene de pelos, y de que no ladre si viene alguien... Te recuerdo que tienes una asignatura pendiente para septiembre. ¿Te va a ayudar el perro a prepararla bien?

La verdad, colega, es que es muy difícil entender a los mayores. Ellos tienen su rollo y no entienden el de los demás. El caso es que Francisco consiguió que aquella noche se quedara Bunting en su casa, pero a la mañana siguiente lo mandaron a paseo, así de simple.

Francisco, con perro incluido, fue a contar sus penas a Pili. Imagino que de muy mala gana, ya que ante ella le gusta quedar bien. Son novios desde que Francisco y yo entramos a formar parte de la panda. Bueno, pues el muchacho le echó valor a la cosa sin arrugarse. Pili, que lo adora, y eso no se le oculta a nadie, aceptó hacerse cargo de Bunting y el asunto pareció quedar arreglado.

¿Tú sabes lo que significa *fobia*? Yo tuve que mirarlo en el diccionario; ahora te lo explico. Es miedo a algo, casi siempre a causa de eso que los adultos llaman *trauma de la infancia*. Así, *claustrofobia* es tener miedo a los espacios cerrados; *hidrofobia,* miedo al agua; y hay un montón más de fobias de ésas.

Pues bien, parece ser que un día el padre de Pili, que como todos los mayores también fue niño, aunque él no se lo crea, entró en una huerta a robar fruta, pero con tan mala suerte que un perro le salió al paso y, por más que corrió para saltar la valla, el animalito le clavó los dientes allí, en lo que está debajo de la parte trasera del pantalón. Desde entonces el buen señor tiene una tremenda... ¿*zoofobia*? O será mejor decir *perrofobia*. El caso es que, cuando tiene cerca un perro, se sube a las lámparas temblando como la llama de una vela después de un estornudo.

La pobre Pili no sabía esto de su padre. Son esos secretos que los adultos guardan como si nunca hubieran cometido el error de ser niños antes de ser carrozas. Y aquí tenemos a la pobre chica llevándole el perro a Paula, que es la que vive más cerca de ella.

El caso de Paula da pena. Sus padres tienen una tienda de electrodomésticos en la planta baja del edificio en el que viven y no le costó mucho convencerlos. Es más, hasta se alegraron.

—No hay inconveniente, Paula —dijo la madre sonriente—. Es un perro muy bonito y parece noble.

—Además —añadió el padre—, tiene un buen tamaño y por la noche puede cuidar la tienda.

Los mayores critican nuestra manía de preguntar *por qué* ante todo, sin fijarse en sus muchos *peros*, que los tienen como para parar un tren.

Aquí el *pero* lo pusieron los porteros de la casa, ya que argumentaron que, según el contrato, no se admitían animales en la vivienda.

Se les dijo que era para cuidar la tienda, pero se ofendieron replicando que ellos, los porteros, ya se encargaban del cuidado de todo el edificio, comercios incluidos; de la limpieza de la escalera, del ascensor, ventanas, zaguanes..., y que no tener eso en cuenta era prueba de desagradecimiento a sus desvelos por parte de los inquilinos.

Total, que el pobre Bunting, cansado y con hambre, fue a parar a la casa de Paloma. Y cuando todo parecía que iba viento en popa allí, el abuelito empezó a estornudar como un descosido y a ponerse rojo.

—Alergia a los perros —dijo la abuelita, confesando el secreto guardado durante tantos años entre su marido y ella.

Así vino Bunting a parar a mis manos. Lo primero que hice, viendo el hambre canina que tenía (nunca mejor dicho, ¿verdad?) y que los paquetes con su comida estaban bajo llave en el almacén del padre de Pedro y Pablo, fue invitarlo a una hamburguesa y luego a otra y otra más. Tuve que rascarme el bolsillo hasta la costura, colega, y sacar pelusas.

He tratado de encontrar una solución a

esto, pensando más que el Arquímedes aquel; sí, el tipo ese del tiempo de la pera que, cuando se metió en la bañera y vio cómo el agua subía hasta el borde según él entraba, chilló aquello de *¡eureka!*, o *¡lo encontré!*, como tú prefieras, tío.

La verdad es que nuestra casa es muy pequeña. Lo es para nosotros, así que no digamos para meter un perro. Mi madre dice que nos falta espacio vital, que cuando éramos pequeños no importaba, pero que ahora, más crecidos, existe ese problema del espacio vital. Mi padre dice simplemente que nos faltan habitaciones para vivir más decentemente y punto. Luego se pone a hacer números para preguntar después a mi madre:

—¿En cuánto tiempo crees tú que podremos?...

—En un par de años. No te preocupes que ya falta menos.

Claro que eso de *un par de años* lo vengo oyendo desde hace mucho tiempo.

Sueñan los dos con comprar un piso (lo sé porque los he oído hablar de ello por las noches), pero hasta ahora no ha sido posible.

Por eso dudo: ¿cómo voy a ponerles en el compromiso de decirme que no? Les iba a doler mucho negármelo, pero no podrían hacer otra cosa por el problema ese del espacio vital.

No me mola ver sus caras de pena y por eso ni lo intento. Aunque también Bunting, pese a las hamburguesas, tiene un gesto de desamparo que me dan ganas de llorar.

Me fui al parque a ver si se me iluminaba la cocorota con alguna idea genial.

Ya había dado una docena de vueltas cuando lo vi venir. Parecía una centella roja y blanca acercándose como una bala.

Me quedé de piedra cuando me di cuenta de que una viejecita que estaba sentada en un banco arreglando un paquete se levantaba y se ponía en mitad del sendero, sin darse cuenta de lo que se le venía encima. Pero no ocurrió nada, y lo mismo debió de pensar la anciana señora que, tras girar sobre sí misma, miró al cielo pensando sin duda que se estaba levantando un viento muy raro.

Mientras, *el viento* se paraba a mi lado con rechinar de frenos y llantas sobre la tierra.

—¡Hola, Pepe! ¿Cómo estás, Bunting?

—Hola, Pablo —le respondí mientras él se quitaba el casco, se secaba la cara con un pañuelo y nos miraba con curiosidad.

—Pero, ¿qué haces tú con Bunting? ¿Lo has sacado a pasear?

—No hagas preguntas, tío, que estoy que muerdo.

—¿Quién me ha contestado, tú o Bunting?

—Aunque estoy que muerdo, no ladro todavía, Pablo —le respondí algo molesto.

—¿Me quieres contar lo que te pasa?

Nos sentamos en el banco que había abandonado la anciana y allí le conté a Pablo todo de punta a rabo, para terminar diciendo:

—Y por eso estoy aquí, a ver si se me ocurre algo.

Me miró muy serio y afirmó con seguridad:

—Yo no veo el problema por ningún lado, Pepe.

La verdad es que yo aprecio mucho a los hermanos Picapiedra. Este nombre se lo puse yo por llamarse Pedro y Pablo, como los personajes de la tele, y porque la familia tiene una casita en la montaña para los fines de semana a la que llaman *La Cueva*. Ellos lo aceptaron con buen humor porque son unos chicos formidables. Pero en esta ocasión me molestó lo que decía Pablo.

—¡Claro, tú no tienes ningún problema, pero yo sí!

—No, Pepe. Quiero decir que sé cómo solucionarlo y que debía de habérsete ocurrido a ti, en lugar de estar por el parque dándoles vueltas a la cabeza y los pies.

Lo miré sorprendido, o mejor dicho, con cara de bobo. Pero comprobé que no vacilaba conmigo, que hablaba en serio.

—La solución —prosiguió Pablo— es llevarlo a mi casa; así de sencillo. Allí, en el jardín de mi madre, puede estar el tiempo que quiera.

Se me escapó un suspiro de alivio. Los Picapiedra viven a las afueras, en una casita un poco cutre pero agradable. Claro que el jardín al que se refería Pablo era sólo un gran patio lleno de macetas con flores. Y además, ya habíamos aprovechado el almacén del padre de Pedro y Pablo para guardar las cosas que trajimos de la Casa del Pánico. ¿No sería un abuso hacerles ahora cargar también con Bunting? Pablo pareció adivinar mis pensamientos.

—No pienses más y verás cómo el problema queda resuelto.

Cuando llegamos a la casa, Pablo dejó la bici apoyada en un muro y entró llamando a gritos a su madre y a su hermano Pedro. Yo me quedé en el patio, calculando su tamaño. Había macetas y jardineras por todos lados; pero sí, Bunting podría estar allí con cierta comodidad.

—Óyeme bien, Bunting —le dije—. Si todo sale bien y te quedas aquí, mucho cuidado con las flores. Esto no es nuestra vieja casa, donde podías correr, saltar y morder la hierba. Aquí hay que portarse bien.

—¿Vienes a buscar a alguno de mis hijos?

Me volví y encontré ante mí al padre de Pedro y Pablo.

—En cierto modo sí. Esperaba que volviera Pablo.

—Tú eres Pepe —afirmó.

—Sí, señor... ,sí.

—Vaya, vaya —me miró sonriente—. ¿Eres entonces el inventor del nombrecito de Picapiedra por el que conocéis a mis hijos?

Me dejó majareta y al principio ni pude contestarle.

—Bueno... yo, la verdad... El caso es que... Bueno, sus hijos, que son mis amigos, se llaman Pedro y Pablo... Era fácil lo de los Picapiedra, ¿no?

—¡Claro que sí, muchacho! Por eso yo también me siento Pedro Picapiedra.

Se llevó una mano a la boca, en forma de bocina, se volvió hacia la casa, y gritó con todas sus fuerzas:

—¡Vilmaaaaa!

Lo miré entre sorprendido y muerto de risa. Él se reía a carcajadas y yo me contagié. Cuando Pedro y Pablo, acompañados por su madre, salieron de la casa, nos encontraron así, riéndonos a gusto.

Siempre me habían caído de miedo los padres de mis amigos, pero aquel día se acabaron de ganar toda mi simpatía. Las risas continuaron, Bunting fue aceptado y, encima, me invitaron a compartir con ellos una tarta que había preparado la madre.

Cruzando el parque de regreso a casa iba muy alegre. La verdad, colega, no hay que apurarse cuando en el mundo hay gente tan *guay* como los Picapiedra.

4
Paloma cuenta... el plan Pánico

Desde que nos vimos obligados a dejar nuestra querida Casa del Pánico, la Pandilla no es la misma. Todos estamos tristes y, cuando nos reunimos en el parque, incluido Bunting, aunque tratamos de hablar de otras cosas, siempre volvemos al tema de lo que hemos perdido, de que ya todo es diferente y nunca volverá a ser igual.

A mis amigos les pasa como a mí con las fotografías, que me causan mucha tristeza precisamente porque las cosas nunca serán ya iguales a como fueron.

Mi abuela Clotilde es ya muy viejecita, pero vivaracha e ingeniosa como ninguna. Pasa gran parte de su tiempo contemplando sus álbumes de fotos y, siempre que puede, pilla a uno de la familia para enseñárselos y contarle anécdotas de las personas que figuran en ellos. A mí me ha tocado varias veces y siempre me quedo muy pensativa. Es que me produce una curiosa sensación, por ejemplo, cuando me enseña la fotografía de un niño pequeñajo y me dice:

—Es mi padre, tu bisabuelo Enrique.

Lo miro. Tiene cara de niño antiguo, quizá por el traje, o la postura, pero de todas maneras es un niño pequeño. Y me pregunto, ¿quién le iba a decir a él, en ese momento, que sería el padre de mi abuela Clotilde, abuelo de mi madre y bisabuelo mío? Me parece una barbaridad decirle a un niño tan pequeñajo: «Tú serás el bisabuelo Enrique.» No podría imaginarlo, estoy segura.

Y a continuación, organizamos un desfile por la vida del bisabuelo: cuando hizo la primera comunión; cuando iba al colegio; cuando hizo el servicio militar (aquí ya tenía barba y se parecía menos al niño pequeño, ya empezaba a parecerse a un cachorro de bisabuelo); cuando se casó; luego retratado con su esposa y sus hijos pequeños; después con sus hijos ya mayores, entre los que se veía claramente a mi abuela Clotilde; otra con los hijos de sus hijos (allí estaba mi madre, pero de niña chica y con bucles). Luego iniciamos el recorrido correspondiente a mi madre: mi madre, jugando al corro en el colegio de monjas; de joven con unas amigas; cuando era novia de mi padre...

No termino de entender cómo esos niños y esos jóvenes de caras alegres y felices se van transformando en personas mayores, y tienen que dejar sus juegos, el cole y tantas otras cosas porque se convierten en padres, en abuelos, en bisabuelos. Y me pregunto si ellos se han dado cuenta, si se dan cuenta, de ese paso del tiempo que en el álbum de fotos de la abuela es simplemente el *zas* del cambio de una hoja.

Me he puesto muy seria, quizá demasiado, pero es que, aparte del álbum de la abuela, he visto el que me dejó Pili. A ella le gusta retratar, como dice, todo lo que se mueve y todo lo que está quieto. En ese álbum está, en cierto modo, la historia de la Casa del Pánico: nuestros rincones preferidos; Pablo subido en el pedestal de Pan acariciando su barbita de piedra; Bunting en el estanque bañándose con Paula; el nido del pájaro al que llamábamos Silbido...

Hay muchos recuerdos y yo me niego a pensar que sean sólo eso, recuerdos. No acepto ser ya una *bisabuela* que tiene que mirar las fotos antiguas para poder vivir recordando el pasado. Por eso yo, como el resto de la Pandilla, hago escapadas a nuestra vieja casa, en solitario y sin decir nada a los demás, como si en realidad no nos importara haberla perdido.

Un día, Pedro y Pablo confesaron que habían estado en la Casa del Pánico. «... Para

llevar a Bunting a que recordara», fue lo que dijeron como justificación. Pero al comentar que habían visto a unos hombres metiendo paquetes, Francisco dijo que él también lo había visto, así como a los *Osos* (no los llamábamos de otra forma) arreglando el jardín.

Pepe añadió que, en cierta ocasión «que pasaba por allí», vio unos paquetes en el jardín y que «por curiosidad» había entrado. Y como uno de estos paquetes estaba un poco roto, pudo ver, «por casualidad», que contenía libros, pero estaban escritos en alemán y no consiguió averiguar de qué trataban.

—Eso sí —explicó—, el que yo vi tenía los planos de una extraña máquina.

Pili dijo que tenía unas fotos, que nos enseñó, de esos paquetes, otra de los *Osos* tomando el café en el porche y también arreglando el jardín.

—Pasaba por allí y claro... —fue su aclaración.

Y aquí empezaron las risitas, que se convirtieron en carcajadas cuando yo misma confesé que Paula y yo habíamos ido a la Casa del Pánico... «a recordar viejos tiempos».

Desde aquel día abandonamos el disimulo y, siempre que podíamos, nos dejábamos caer por las cercanías de la casa, eso sí, procurando que sus habitantes no nos viesen.

Creo que fue Pepe el primero en proponer un plan (a él siempre se le ocurren las mejores ideas).

— Lo que necesitan estos dos *Osos* carrozas es un buen susto para que abandonen nuestra casa.

Hubo un largo silencio, sonrisitas de complicidad y, después, un millón de propuestas más o menos practicables.

—No —tomó de nuevo la palabra Pepe—. Lo que asusta de verdad son los fantasmas. Una noche, nos vestimos con sábanas y nos presentamos dando gritos cavernosos y aullidos escalofriantes. Con dos o tres sesiones, seguro que se vuelven a su país.

—Eso de los fantasmas no asusta ya a nadie —intervino el pequeñajo Pablo—. Ahora lo que da miedo son los tripulantes de los platillos volantes.

—No creas —trató de rebatirle Pepe.

—Dime una cosa. ¿Tú ves en los periódicos que se hable de fantasmas? ¡Claro que no! En cambio, sí hay artículos sobre apariciones de platillos y seres de otros mundos. Chicos, grandes y de todos los colores.

Pedro, como siempre, apoyó con calor a su hermano, y Pepe, que es un chico muy noblote, reconoció que era verdad lo que decía Pablo.

Momentos después se preparaba, con todo lujo de detalles, un *encuentro en la tercera fase* para los *Osos* que se habían atrevido a privarnos de nuestra guarida.

Durante varios días trabajamos de firme

hasta que al fin llegó la noche en que se puso en marcha el *plan Pánico*. No quedó mal el nombre, ¿verdad? Además con doble «P», como era lo lógico siendo una operación preparada por la Pandilla.

Brillaba la Luna, pero también había nubes, y entre una y otras creaban sombras misteriosas por todos lados, lo cual servía perfectamente a nuestros planes.

Como habíamos decidido, cada uno nos habíamos puesto encima todas las cosas brillantes que habíamos encontrado en casa o pedido prestadas.

Pablo, que llevaba su casco cubierto de papel de aluminio, se puso una linterna en el interior, mientras su hermano lo iluminaba con otra. ¡El efecto fue magnífico! Todos aplaudimos entusiasmados.

—Es muy bueno, chicos, pero hemos venido a algo y el tiempo se nos va. ¿Quién me ayuda a bajar de la bici la batería?

Las palabras de Francisco nos pusieron en movimiento y a la media hora el plan Pánico estaba listo para ser ejecutado.

Hubo una pausa tensa mientras cada uno de nosotros repasaba mentalmente sus obligaciones.

—Cualquier fallo puede hacer fracasar el plan —nos había dicho Francisco, que, sin que nadie lo dijera, se había convertido en jefe.

Todos estábamos tensos, temerosos de olvidarnos de algo que pusiera en peligro la misión y esperando ansiosos el sonido del silbato que anunciaría el principio de la operación.

Nuestra querida Casa del Pánico, ahora *Guarida de los Osos*, se alzaba ante nosotros envuelta en las sombras, como si se hubiera puesto un chubasquero en previsión de lo que ocurriera. Las dos ventanas iluminadas, una de ellas con la persiana medio cerrada, parecían unos ojos, uno de ellos haciendo un guiño, que nos miraban con complicidad.

—*Porfa*, tíos, ¿cuándo vamos a empezar el rollo? —sonó impaciente la voz de Pepe.

—Calma —fue la respuesta tranquilizadora de Francisco—. Tengo comprobado que a esta hora los *Osos* salen al porche a tomar café antes de irse a la cama. Ése será el momento. Quiero que vean perfectamente la llegada del platillo. Yo os daré la señal como hemos quedado.

Se oyeron varios *«¡chisss, chisss!»* y todos nos quedamos expectantes.

Al fin la puerta se abrió. Por un momento me pareció que la casa nos ofrecía una luminosa sonrisa. Salieron los dos *Osos* y encendieron la luz del porche después de cerrar la sonrisa de la casa. Se sentaron ante una mesita y se sirvieron café.

Sonó el silbato y de inmediato Pablo puso en marcha una grabadora, a todo volumen, donde tenía una cinta grabada con el sonido de un platillo volante de no sé qué película. Justo entonces, Pepe alzó un largo palo al final del cual había una gran bola niquelada. Y aquí intervenía yo. Encendí la linterna, que llevaba un papel celofán rojo, la dirigí hacia la bola, conté rápidamente tres y la apagué. En ese momento, Paula ya encendía la suya, que era blanca. Luego Pili, con un rayo amarillo. Después, yo otra vez. Durante unos minutos pareció que la esfera lanzara ráfagas de varios colores.

Miré con el rabillo del ojo hacia la casa y allí estaban los dos *Osos*, de pie en el porche y abrazados. Me dieron un poco de pena, la verdad.

Sonó otra vez el silbato. Era la señal de finalizar esta primera parte. Se hizo el silencio. Pablo estaba cambiando la cinta por otra que simulaba el aterrizaje tras unos árboles del camino.

Poco después sonaron unos acordes musicales. Pablo no había borrado bien la cinta.

Siguió una especie de chirrido y, seguidamente, los efectos esperados del aterrizaje de un platillo volante.

Pedro encendió el foco conectado a la batería e inundó de luz los árboles, mientras Francisco soplaba por un trozo de cañería para lograr un sonido como de «*phuuu, phuuu*», que los muchachos decían que era el sonido de bajar la pasarela de la nave espacial. No lo discuto, pues ellos, entre tebeos, películas y televisión, deben de saberlo. Por otro lado, seguro que los *Osos* no habían vivido nunca el aterrizaje de un platillo volante y no se iban a dar cuenta de nada. Lo que sí es cierto es que hubo que relevar a Francisco, que se había quedado sin aire en los pulmones con tanto «*phuuu, phuuu*».

Y llegó lo importante: Pedro, con un espejo en el pecho y otro en cada mano, Pepe, con una especie de capa de lentejuelas (creo que era de su madre), Pablo, con su casco cubierto de papel de aluminio, y Pili, con un traje de lamé ajustado (también de procedencia materna) salieron de entre los árboles mientras los demás lanzábamos sobre ellos las luces de nuestras linternas, encendiendo y apagando una tras otra.

Era impresionante verlos. Avanzaban como robots. Sus siluetas se recortaban sobre la luz blanca del foco conectado a la batería y las ráfagas que les lanzábamos con las linternas arrancaban destellos de sus indumentarias.

Me pareció oír unos aplausos y miré alarmada hacia la casa. Pero no, los dos *Osos* permanecían allí totalmente inmovilizados por el miedo.

Un ligero *cloc* del papel celofán que cubría mi linterna me hizo mirarla con atención. Luego, a este *cloc*, siguieron varios: *cloc, cloc, cloc*. Me di cuenta de que empezaba a llover, pero no tuve tiempo de avisar a mis amigos. La lluvia arreció y ellos se enteraron por sí solos.

—¡Muchachos, no dejéis nada atrás! —la voz de Francisco se oyó claramente—. ¡Pablo, recoge la grabadora que se va a empapar! ¡Tú, Pepe, encárgate del foco, que yo desconectaré la batería!

Un escritor (o una escritora) hubiese dicho que una verdadera *cortina de agua* cayó sobre nosotros; o bien, una tromba de agua...; o que se trataba de una lluvia espesa... Yo describiría aquello como si todo el cielo fuera una gran regadera, como si cada una de las estrellas fuera un agujero por el que caían aquellos chorros de agua.

Lo cierto es que terminamos empapados: primero, recogiéndolo todo y atándolo a las bicis; después, carretera adelante, hasta llegar a casa.

¿Qué dijimos a nuestros padres? La verdad y nada más que la verdad: que la lluvia nos había sorprendido. ¿Había una verdad más grande?

5
Pablo cuenta... la aventura con el *Oso Mayor*

Espero que se me entienda. Soy el pequeñajo de la Pandilla. En casa también soy el pequeñajo, pero eso no quiere decir que no tenga mis propias ideas y las ponga en práctica siempre que *pueda*. No, no me quejo. Todos me quieren mucho, sobre todo mi hermano Pedro, y en la *panda*, para qué decir, soy uno más, aunque eso sí, el pequeñajo.

Lo que voy a contar empezó dos días después del *encuentro en la tercera fase*. Sí, cuando fuimos a la Guarida de los Osos, nuestra antigua Casa del Pánico, a meterles un poco de miedo para que volviesen a su país y pudiésemos recuperar nuestro lugar preferido.

El caso es que estábamos la Pandilla al completo observando si había algún detalle que anunciara la marcha de los *Osos*, sin ver ninguno, por desgracia, cuando Bunting se escapó. Se metió en el jardín y corrió hacia la casa sin hacer caso de nuestras llamadas. Claro que no podíamos llamarlo a gritos, sino bajito, así: «Buntinggg, chisss, Bunting, chisss».

Algunos dicen que nos desobedeció, pero yo opino que no oyó nuestras voces tan bajitas.

Bueno, cuando llegó ante la casa, olió una y otra vez la pared y después levantó una pata y ¡se orinó! Luego fue al otro extremo ¡y lo repitió! Y así hizo por todos lados. Yo estaba horrorizado. ¡Bunting, tan limpito él, tan educado, haciendo aquellas cosas!

Cuando regresó tan contento, me enfadé con él y le llamé cochino.

—Eso no se hace —le dije—. Aunque sea la Guarida de los Osos, eso es una cochinada.

Todos se rieron y entonces mi hermano Pedro me explicó:

—No te enfades con él, pequeñajo. Lo que ha hecho Bunting es algo así como lo que hacemos nosotros.

—¡Claro! —chillé indignado—. Con la diferencia de que nosotros lo hacemos en el lugar indicado y no en las paredes de una casa.

De nuevo hubo risas, que me molestaron un poco, y Pedro continuó su explicación:

—Los perros, no sólo Bunting, y otros muchos animales tienen la costumbre de señalar su territorio, vamos, lo que es suyo, de esta forma. Si viene otro animal de su especie, en este caso otro perro, olerá el terreno y se dirá: «cuidado, esto tiene dueño».

—¡Ah! —exclamé maravillado—. Entonces lo que ha hecho Bunting es avisar a todos los perros que la casa es suya, vamos, de la Pandilla.

—Exactamente, Pablo, eso es.

Quedé encantado, la verdad, y acaricié a Bunting como felicitación por su hazaña. Él me miró agradecido, moviendo el rabo, porque al fin había comprendido lo que acababa de hacer.

Aquel día no dejé de pensar en el asunto y, por la tarde, le pedí permiso a mi padre para entrar en la biblioteca a consultar una enciclopedia muy gordota.

—¿Algo que no está en tus libros? —me preguntó.

—Eso es. Y tengo interés en saberlo.

—¿De qué se trata? —volvió a preguntar.

—Es sobre el territorio y la propiedad.

—Adelante entonces, pequeñajo. La biblioteca es tuya, pero no hagas ruido.

Esa tarde no salí de casa. Estuve leyendo hasta que nos llamaron para cenar. Realmente no me di cuenta del paso del tiempo de tan

bien como me encontraba entre los libros.

Aprendí un montón de cosas sobre el territorio, sobre los perros y los lobos (y también de la orina y su composición, pero esto no viene al caso). Lo cierto es que salí de allí sabiendo mucho más que cuando entré.

Pero vamos a lo que iba (¿se dice así?). Estuve pensando mucho aquellos días en lo que me dijo Pedro y en lo que aprendí en la enciclopedia de mi padre sobre el territorio, la propiedad y las costumbres de los cánidos. (No te rías, ya que al decir esa palabreja me ahorro escribir lo de perros, lobos, hienas, dingos, chacales, coyotes y zorros. ¿Lo ves? Es más fácil decir *cánidos*. Son las cosas que uno aprende en los libros.)

Al día siguiente, que era domingo, me levanté temprano. Había quedado a las once con los de la Pandilla, así que tenía tiempo de sobra. Me tomé un vaso de leche y dejé una nota sobre la mesa explicando que iba a algo urgente y que no tardaría mucho en regresar, para que no se preocuparan en casa.

Cogí la bici y me lancé a la carretera dispuesto a cumplir la misión que me había impuesto. Lo del territorio de cada uno era algo muy serio.

Cuando llegué a la Guarida de los Osos, todo estaba silencioso y tranquilo.

Dejé la bicicleta en el jardín, cerca de la salida, por si acaso, y me dirigí hacia la casa. Miré a todos lados comprobando que nadie me veía y, con un poco de miedo, he de confesarlo, pero dispuesto a hacerlo, me oriné en el muro. Sólo un poquito, pues me quedaban tres muros más y no sé si tengo la capacidad de Bunting. Lo hice en los siguientes, pero al llegar al cuarto ya no tenía ganas y no lograba hacerlo por más que lo intentaba.

En ese momento una mano se posó sobre mi hombro y una voz dijo:

—*Tú haces porquerías en la mía casa y yo enfadar.*

Tan grande fue el susto, ¡que lo hice y abundante! Al menos mi propósito se había cumplido y ahora había que aceptar las consecuencias.

Me ajusté los pantalones, me volví y tropecé con una descomunal barriga.

—Perdone —dije vacilante—, pero no es lo que usted cree.

El *Oso Mayor*, que me miraba desde su altura, gruñó:

—*No creer, no, que tú regar flores. Saber que manchas paredes que estar nuevas de pintura.*

Hablaba como un piel roja, pero se le entendía perfectamente.

—Yo no he querido estropear las paredes de la casa —le respondí—. Únicamente intentaba marcar el territorio.

En un principio me dio la sensación de que se reía, pero no, era una mueca de enfado, según deduje por lo que dijo a continuación.

—*Marcar territorio. Igual que perros, ¿no?*

¡Anda! ¡También sabía esto el *Oso*! Lo miré detenidamente y levanté la visera del casco. Pero, ¿se reía o no se reía? Es que debajo de aquella barba, vaya usted a saber.

—Yo le explicaré...

—*No, no explicar. Yo hablar con tuyo papá y ser yo el que explicar. Ir a verlo ahora.*

—Pero mi padre no estará en casa, habrá salido a trabajar.

—*¿Tuyo papá trabaja domingos? No creo. Y si no, hablar con tuya mamá. Tú esperar a mí que volver pronto.*

Y se marchó, desapareció de mi vista. Ahora era el momento, podía escapar si quería. Allí veía la bici esperándome. Una carrerita y luego a pedalear con ganas y ¡adiós, señor *Oso*!

Pero no; un miembro de la Pandilla de la Casa del Pánico no podía ser cobarde. Así es que esperé hasta que volvió de nuevo llevando una bicicleta del manillar y seguido por la *Osa Menor.* A ésta, como no tiene barba, se le veía claramente la sonrisa.

Se acercó a mí y me puso la mano sobre la cabeza, bueno, sobre el casco que llevaba puesto, mientras me daba repetidos golpecitos como si fuese un melón y decía algo en su idioma. No sé si me estaba insultando o diciéndome que me preparara con mi padre.

El *Oso Mayor* señaló hacia mi bici y dijo:

—*Fharrad.*

La *Osa Menor* le indicó algo y el *Oso* rectificó.

—*Montar en bicicleta.*

Lo entendí perfectamente: ya había aprendido que *bicicleta*, en alemán, se dice *fharrad*. Además, el nombre me gustó y decidí que desde aquel momento mi bici se llamaría así: *Fharrad*. A ver qué cara ponen los de la Pandilla cuando se enteren.

Poco después pedaleábamos por el camino. La mujer nos despidió alzando una mano. Yo iba delante; el *Oso*, tras de mí. Quise darle un susto y me lancé a toda velocidad mientras imaginaba sus esfuerzos por seguirme. Mantuve la velocidad hasta llegar al cruce y frené para esperarlo. Algo así como un bólido peludo pasó a mi lado y el *Oso*, porque era él, me gritó:

—*No tan lento; correr más, muchacho.*

Tuve que apretar de firme para ponerme a su lado y no quedarme atrás. ¡Vaya con el veterano! ¡Me gustaría verlo en la Vuelta a España!

Oía el sonido de los pedales, pero también un ruidito continuo. ¿Se estaba riendo o su bici estaba falta de grasa?

Cuando llegamos a casa, fue precisamente mi padre quien abrió la puerta. Me miró sorprendido y luego miró al *Oso*.

—¿Ha pasado algo? —fue todo lo que se le ocurrió decir.

—*Sí pasar algo* —respondió el *Oso* con

su profunda voz—. *Yo suponer que usted ser padre de criatura.*

Hombre, me han llamado de todo, pero eso de *criatura* era la primera vez.

Observé cómo el *Oso Mayor*, según hablaba, hacía toda clase de gestos de complicidad a mi padre, ésos que se hacen los mayores para que los chicos no nos enteremos. ¡Allá ellos con esa pérdida de tiempo!

Mi padre movió la cabeza como si estuviera al cabo de la calle de todo e hizo los mismos gestos de complicidad, para terminar diciendo, con voz engolada:

—Ya, ya comprendo. Es un asunto importante. Pablo, vete a tu cuarto y espera allí a que yo vaya. Tengo que hablar con este señor.

Y me fui, claro; no podía hacer otra cosa. Pero al retirarme volví a oír aquel ruidito sospechoso, que esta vez, estoy seguro, no procedía de la bicicleta del *Oso*, sino de su boca. Pero, ¿se reía o estaba gruñendo enfadado?

Cogí el televisor y me tendí en la cama, boca abajo, para verlo a gusto. Bueno, tengo que aclarar que mi tele es pequeñita, como una cinta de vídeo o así. Fue el regalo de Pedro para el día de mi cumpleaños. Sacó todos sus ahorros de la hucha y dio la tabarra a papá y a mamá hasta que reunió la cantidad que necesitaba. Por eso soy el único de la familia que tiene televisión en su cuarto. El televisor nuevo a color está en el salón, y el viejo, en blanco y negro, lo tiene mi padre en su despacho, aunque casi nunca lo enciende.

Me puse la almohada bajo la barbilla para estar cómodo y encendí el mini televisor. Estuve buscando un rato hasta que encontré una película ya empezada en la que salían cohetes y naves espaciales, una patrulla de policías estelares y unos extraños seres intergalácticos. No había logrado enterarme aún de qué iba la cosa cuando oí unos golpecitos en la puerta y la voz de mi padre preguntando:

—¿Se puede, Pablo?

—Sí, papá, puedes pasar.

Entró muy serio, se sentó en la alfombra, a un lado de la cama, y su cara quedó a la altura de la mía.

—¿Qué ves?

—Una del espacio.

—Pues regresa a la Tierra, hijito, que tenemos que hablar.

Apagué el televisor.

—Sí, papá, lo que tú digas.

Metió la mano instintivamente en los bolsillos de la chaqueta y luego cruzó los dedos. Mi padre fumaba antes, pero como eso es malo, dejó de hacerlo. Sin embargo, aún le queda la costumbre esa de rebuscar cajetillas por los bolsillos.

—Tú sabes perfectamente por qué ha venido a verme ese señor.

Asentí metiendo y sacando la cabeza de la almohada.

—Bien —prosiguió—. Estarás de acuerdo

en reconocer que tu acción merece un castigo.

—Papá, el *Oso Mayor* exagera...

—Su nombre no es *Oso Mayor*. Se llama Otto Kramburg. Es un sabio profesor que ha venido a vivir a nuestro país en busca de un lugar tranquilo para realizar sus investigaciones.

—¿De qué es profesor? ¿De Sociales?

Mi padre se rió.

—No; quería decir investigador más que profesor. Me dijo que estaba estudiando las teorías sobre la relatividad, el espacio y el tiempo. Y no me pidas ahora que te explique eso, que no soy Albert Einstein y el asunto que tengo que tratar contigo es otro.

—Pero, papá, tú dices siempre que para saber hay que preguntar.

—Me has cogido, pequeñajo, y voy a intentarlo. Tú sabes que hay tres dimensiones...

—¡Pues claro! —respondí poniendo acento de clase—. Las tres dimensiones son largo, alto y ancho.

—Muy bien. Pues a esas tres dimensiones, Einstein, unió una cuarta: el tiempo. Repito que explicarte esto no es fácil, y menos aún, el comprenderlo.

Lo miré sorprendido, pues yo veía la cosa muy clara.

—Pues yo lo entiendo, papá.

Tenía los ojos redondos cuando me preguntó:

—¿Qué dices, Pablo? ¿Cómo vas a tener clara la teoría de la relatividad? Sabios del mundo entero discuten aún sobre ella.

De un salto me quedé sentado en la cama. Cogí su mano izquierda y golpeé suavemente su reloj de pulsera, el que mamá le regaló para su aniversario de bodas.

—Fíjate en tu reloj, papá. Tiene largo, ancho, alto... y también tiene tiempo, marca las horas. Está muy claro, ¿no? Esa teoría de la relatividad es simplemente un reloj.

Yo he visto a mi padre reírse muchas veces. Siempre está de buen humor, ya que, como dice mi madre, ve la vida de color de rosa. Pero jamás lo vi reírse tanto. Se puso de pie, se tiró sobre la cama y mordió la almohada mientras con las manos arrugaba la colcha y movía tanto los pies que se le salió un zapato.

Al fin se calmó y dejó de reír. Se sentó en la cama, a mi lado, y se secó con la sábana las lágrimas que corrían por su cara.

—Muy bueno, pequeño, pero que muy bueno. Esto tengo que contárselo a tu amigo el sabio alemán Otto Kramburg para que aprenda.

Siguió hablando, pero por primera vez en mi vida no lo escuchaba. No pude evitar que los pensamientos me impidieran oír sus palabras. Así que el *Oso* era un sabio y se llamaba Otto Kramburg. Qué interesante. Además recibía extraños paquetes y eso no lo sabía mi padre. Podía ser un espía, o tal vez un sabio atómico que se escondía en nuestra vieja casa para no ser encontrado. Tenía que contar todo esto a la Pandilla para ponernos a investigar cuanto antes. El asunto era muy serio.

—... Pese a todo —oí que decía mi padre—, he de imponerte una pena, ya que la relatividad no tiene nada que ver con lo que has hecho. Hoy te quedarás en tu cuarto sin salir.

—¡Es domingo! —protesté.

—Lo sé, pero has de reconocer que tengo razón.

Se levantó, me revolvió el pelo como hace siempre y se encaminó a la puerta con el zapato en la mano.

—Papá, ¿te importa que en lugar de estar en mi cuarto cumpla el castigo en tu biblioteca? Así, en vez de ver la tele, me pondré a leer libros y a aprender cosas sobre la relatividad.

—No hay inconveniente, Pablo —sonrió

ampliamente—. Aunque ya lo sabes casi todo.

Seguro que tú hubieras hecho lo mismo que yo: ir como una centella a la biblioteca y, nada más llegar, buscar en la enciclopedia gorda a Albert Einstein.

Es difícil de contar todo lo que leí, pero lo cierto es que este señor, como me explicó mi padre, defendía una teoría del espacio en que las tres dimensiones clásicas estaban unidas a una cuarta: el tiempo. Vas captando la idea, ¿verdad?

La Pandilla del Pánico tenía entre manos un misterio importante con la llegada de aquel sabio llamado Otto Kramburg. Y lo que menos esperábamos del *Oso* es que fuera todo un señor sabio.

Vinieron a verme los de la Pandilla en pleno. Los oí hablar con mi madre, y después cómo ella le preguntaba a mi padre, y finalmente la respuesta de éste.

—Le he prohibido salir, pero no que entren sus amigos a verlo.

También oí el sonido de un beso y luego las voces de mis amigos dando las gracias.

Aquél fue un domingo inolvidable. Mi padre no se opuso a que todos estuviésemos en su biblioteca y lo aprovechamos bien para leer y consultar todo lo que pudimos sobre la cuarta dimensión.

Al principio, cuando les conté lo ocurrido con mi padre y mi teoría del reloj, hubo miradas entre mis amigos y alguna risa contenida.

—Verás, pequeñajo —me aclaró mi hermano—. Es muy buena esa comparación del reloj, pero lo cierto es que la teoría de la relatividad trata de algo muy serio. ¿Te imaginas poder viajar en el tiempo, a otras épocas, a otros lugares? Vamos, así la entiendo yo.

—¿Te refieres a una máquina del tiempo? ¿Como aquélla de la película que vimos?...

—Eso mismo, colega —intervino Pepe—. Y yo me pregunto, ¿no estará el tío ese, el *Oso*, o como se llame, fabricando una? Y digo más, yo he visto que recibía, ya os lo dije, unos libros con planos de máquinas extrañas.

Y surgió la duda, una duda que iba a convertirse en certeza mucho antes de lo que esperábamos.

6
Carta de Dagmar a su hija

Frida querida:

Puedes imaginar la alegría que hemos tenido tu padre y yo al recibir la carta en la que nos dices que para Navidad vendréis a pasar unos días con nosotros. El tiempo se nos va a hacer muy largo hasta que llegue ese momento.

Quieres que te cuente muchas cosas de este lugar, de España, donde vivimos tu padre y yo. La verdad es que el paraje es francamente hermoso. La vieja casa que compramos ha quedado muy bonita y cómoda después de los arreglos que se le hicieron.

Estamos a muy pocos kilómetros de la población, por un lado con paz y tranquilidad y, por otro, cerca de todo lo que podamos necesitar. La gente es muy amable y nos ha acogido muy bien. Tropezamos a veces con el problema del idioma, ya que ni tu padre ni yo dominamos el español, pero tienen paciencia con nosotros y poco a poco vamos aprendiendo.

Hablando de tu padre, te diré que se encuentra muy a gusto. Él siempre deseó estar alejado de la Universidad, dedicado a sus investigaciones, en las cuales está adelantando mucho, según me dice. Yo creo que está a punto de alcanzar su sueño y pronto nos dará la sorpresa de decirnos que lo ha conseguido. De vez en cuando hace uno de esos *viajes* que tú conoces, en los que se aleja de todo, pero siempre vuelve muy feliz y seguro de sí.

Quiero contarte algo muy curioso que te divertirá, como divierte a tu padre. Cuando compramos la casa, nos encontramos que un grupo de chicos y chicas de los alrededo-

res la habían tomado como lugar de reuniones, por lo que la consideraban suya. Tienen un perro tremendo que inspira bastante respeto.

Los pobres se tuvieron que ir con todas sus cosas. ¡Había de todo, Frida! Desde transistores a ruedas de bicicleta, pasando por la comida para el perro. En un principio nos pareció que se iban para siempre, pero ¡qué va! Un día sí y otro también los vemos merodeando por los alrededores.

Una noche, cuando tu padre y yo salimos al porche a tomar el café, como hacemos siempre, oímos una serie de ruidos extraños y vimos luces de colores que brotaban de una brillante esfera. ¡Fue vistosísimo! Después, aquellos chicos, pues eran ellos, como habrás imaginado, avanzaron cubiertos de brillantes trajes como un grupo de extraterrestres que acabara de llegar. Tu padre empezó a aplaudir y tuve que contenerlo para que los chicos siguieran con su juego y ver en qué terminaba. Pero no pudo ser, un tremendo chaparrón los puso en fuga y así terminó todo.

La verdad, Frida, es que son muy simpáticos y, si no fuera por lo importante de la investigación de tu padre y la tranquilidad que necesita para ella, ya los habría invitado un día a merendar.

Contéstame pronto, da muchos besos a tu marido y al nietecito, y tú recibe el cariño de tu madre.

DAGMAR

7
Paula cuenta... la batalla del Pánico

Grandioso, portentoso, prodigioso... y todas las palabras que quieras poner terminadas en *-oso*, como asombroso, ya que se trata de ellos precisamente: del *Oso Mayor*, de la *Osa Menor* y de cómo terminó esto de los *Osos*, odisea que viví personalmente y por eso puedo contártela al detalle.

Es que lo sucedido fue milagroso. Maravilloso, si quieres. Y perdona estos otros dos *-osos* que se me han escapado y que, con los de antes, están convirtiendo esta página en algo parecido a un zoológico. Pero la realidad es que fue algo totalmente fabuloso. ¡Vaya, otra vez! Es obsesivo, ¿no? Pero tú me comprendes. ¡Es que estoy muy emocionada!

En la Pandilla tengo fama de ser algo alocada. Dicen que no pienso mucho las cosas, pero exageran un poco. Simplemente soy viva y alegre, pero nada de precipitaciones en mis actos o en mis palabras; te lo aseguro.

¿Recuerdas aquel domingo en casa de Pedro y Pablo? Sí, cuando castigaron al pequeñajo por aquello de marcar el territorio. ¡Efectivamente, ese mismo día! Pues bien, llegamos a conclusiones muy interesantes: o bien los *Osos* tenían una máquina del tiempo, o intentaban fabricarla.

¿Crees que eso es una tontería? También lo pensó, y lo dijo, Francisco. Pilar ni se lo creía ni dejaba de creérselo, igual que Pedro. Y te voy a decir lo mismo que les dije a ellos:

—Si tus tatarabuelos estuvieran ahora aquí y los pusiéramos delante de un televisor, ¿qué pensarían? ¿Y si les decimos que lo que están viendo ocurre en un país muy lejano en ese mismo momento? ¡Me imagino sus caras! O supón que los invitamos a un viaje espacial, o a recorrer el fondo del mar. Piensa que los ponemos ante una computadora de ésas que tienen datos de todo lo habido y por haber, y les hablamos de microprocesadores, de la memoria RAM y de los *bytes*... Hay un montón de cosas que les resultarían incomprensibles.

¿Me has comprendido? Mis compañeros de la Pandilla también me entendieron. Es que no tiene vuelta de hoja: los tiempos avanzan y la ciencia corre. Por eso, lo de la máquina del tiempo no es ninguna tontería.

Bueno, para que vayas entrando en el tema, te diré que decidimos controlar completamente a los *Osos* y descubrir su secreto. Desde aquel día, siempre estaba alguno de nosotros de vigilancia con un *walkie-talkie*, una linterna y un bocadillo.

Era yo precisamente la que estaba de guardia aquella tarde. La verdad es que no tuve miedo y me comporté con valor...

¡Ay!, espera, que antes ocurrieron otras cosas. Sí, sí, varias. Por ejemplo lo de la gran caja con las iniciales «T.M.» ¡Ah! Y lo del viaje del *Oso*. Yo aquí ya les dije a los chicos... No, no fue entonces, sino cuando el panadero nos contó aquello...

Está bien, no te enfades. Voy a procurar contártelo en orden, como yo acostumbro a hacer las cosas... Pero si te impacientas, me vas a poner nerviosa, igual que me pasa con los de la Pandilla, que nunca me dejan terminar. Recuerdo una vez que... ¡Ya voy, ya voy! No hace falta que me lo repitas.

Primero fue... Sí, que llegó Pepe con la novedad de que un camión muy gordo había dejado en el jardín de los *Osos* una caja también muy gorda. Y, ¡fíjate qué noticia! La gran caja de madera tenía pintadas, aparte de la dirección, en grandote, las letras «T.M.»

—¡La Máquina del Tiempo! —gritó excitado Pablo—. No ha podido fabricarla él y ha encargado que se la hicieran. Está claro eso de las letras «T.M.»

—«T.M.» puede significar *Tiempo Malo*, pero no *Máquina del Tiempo*. ¿No os parece? —dijo Paloma.

—Esa máquina —intervine yo aclarando la cuestión— no la han fabricado aquí, sino en un país extranjero. Y ya sabéis que ellos ponen siempre las palabras al revés.

—Eso es cierto —me apoyó Francisco, que es un enamorado de la Fórmula Uno—. Ellos no dicen *Campeón del Mundo*, sino *World Champion*, es decir, *Mundo Campeón*.

—Verdad —confirmó Pedro—. A la ONU ellos le llaman UNO.

—No sabrán contar más, colega —comentó Pepe.

—En serio —repitió Pedro—. En lugar de Organización de las Naciones Unidas, dicen *Unidas Naciones Organización*.

—¿Y cómo se entienden? —indagó Pablo.

—Vete tú a saber, tío —fue la respuesta de Pepe.

Como puedes ver, gracias a mi aclaración, supimos la verdad sobre la misteriosa caja. Claro que hubo otros detalles que nos confirmaron nuestra idea y también fui yo la descubridora.

Había ido a la panadería a comprar un par de barras, cosa que no me gusta; las barras sí, y si están untadas de mantequilla y tienen jamón dentro, mucho más. Lo que no me gusta es ir a comprarlas y por eso le digo a mi madre...

¡Vale, vale! Sigo con la narración.

Ya había guardado en la bolsa las dos barras y esperaba el cambio cuando oí al panadero hablando con una señora rubia.

—Sí, es cierto, doña Rosa, son muy buenas personas esos alemanes, pero no puede negarme que resultan algo raros. Se imagina usted que el otro día, hablando con el señor Kramburg, le comenté que seguramente él habría viajado mucho. Me contestó, en ese mal español que habla, que efectivamente conocía muchos países. Le pregunté cuál le gustaba más. ¿Y sabe usted lo que respondió? Que este país nuestro era maravilloso, pero que la noche anterior había viajado al Polo y lo había pasado muy bien, y que al día siguiente tenía pensado ir a comer pinchitos morunos con los beduinos. No supe qué contestarle, doña Rosa.

Casi me olvido de recoger el cambio, pues salí como una centella a contar a los chicos lo que había oído.

Y ahora viene lo importante. Pon mucha atención.

Yo estaba de guardia aquella tarde ante la Guarida de los Osos, vigilando atentamente. Pedro debería haber estado conmigo (siempre íbamos de dos en dos), pero había tenido que ir con su madre al dentista y me avisó a última hora, aunque me prometió ir con el resto de la Pandilla en cuanto terminara y pudiera reunirlos a todos. Así es que me fui sola.

Estaba comiéndome el bocata para entretenerme hasta que llegaran los demás, pues, la verdad, apetito no tenía. Claro que es cierto eso de: «Comer y rascar todo es empezar», porque empezó a gustarme. Tenía jamón y queso y el pan estaba crujiente... ¡Ya, ya! Voy a lo importante.

Me quedaba únicamente el trozo final cuando me pareció oír un ruido. Dejé de mascar por si el ruido era el de mis dientes triturando la crujiente corteza, pero no. Alguien andaba por el jardín.

En un principio pensé que eran los *Osos* paseando, aunque no los había visto salir. Pero no. Eran cuatro hombres que avanzaban sigilosos hacia la casa, cuchicheando entre ellos. Se detuvieron ante la puerta y tocaron el timbre. Abrió la *Osa Menor* y habló con ellos unos momentos. Después la oí llamar a su esposo.

—¡Otto!

No tardó en aparecer éste y, en ese momento, los hombres cayeron sobre ellos. No les fue fácil sujetarlos. El *Oso Mayor* se defendía con todas sus fuerzas, que no eran pocas; pero al fin, mientras uno sujetaba a su esposa, los otros tres se lanzaron sobre él, le taparon la cabeza con un saco o algo parecido y lo dominaron. Entraron todos en la casa y cerraron la puerta.

Yo permanecía con la boca abierta, llena de pan, queso y jamón, sin poder tragarlo de seca que tenía la garganta. Cuando lo logré, mi primera intención fue correr hacia la bici y salir disparada en busca de ayuda. Pero no soy tan atolondrada como dicen y, mientras tragaba, pensaba también. Así es que cogí el *walkie-talkie*, saqué la antena y apreté el botón.

—¡Atención, Patrulla del Pánico, atención! ¡Llama Vigilante Cuatro! ¡Contesten, por favor! Cambio.

El tiempo me pareció larguísimo hasta que oí la voz de Pedro.

—Patrulla a Vigilante Cuatro. Patrulla a Vigilante Cuatro. Ya vamos hacia allá pedaleando fuerte. Te noto excitada. ¿Hay novedades? Cambio.

—¡Sí, Pedro, sí! —respondí olvidándome de todas las reglas de transmisión—. ¡Unos hombres han entrado en la Guarida de los Osos! ¡Los tienen prisioneros en la casa! ¡Venid pronto que no sé qué hacer!

—Calma, Paula —era la voz de Francisco—. Ahora mismo estaremos junto a ti. No te muevas y no hagas ruido. Cálmate.

No moverme ni armar ruido era cosa fácil, me sentía incapaz de alzar un dedo, pero lo de calmarme era otra cosa.

No sé cómo pasó el tiempo. Lo que sí recuerdo es que fue Bunting el primero en llegar. Me agarré a su peludo cuello y lo abracé como si fuera un salvavidas, como aquella vez en la playa, cuando me caí de la lancha y mi padre me lanzó un... Perdona, lo siento, pero las ideas me vienen así, a montones, y quiero contar todo lo que pasa por mi cabeza sin darme cuenta de que la lío.

Después de Bunting llegó la Pandilla al completo. Les hice señas para que no armaran ruido y, sin intercalar ningún comentario de mi propia cosecha, de verdad, les conté todo lo que había visto.

Tras un tenso silencio, hubo opiniones de todos los gustos. Unos decían que había que avisar a la policía; otros, que entrar en la casa como fuera para salvar a los ancianos...

Es curioso, fíjate, pero ya nadie hablaba de los *Osos*, sino de los pobres y dulces ancianos, que estaban en manos de unos desalmados y a los que había que salvar a toda costa.

Al final se impuso la lógica. Pablo montó en su bici y salió como una bala en busca de la policía, mientras nosotros pensábamos en la forma de entrar en la casa.

La solución la encontró Francisco. Poco después, llevando la bicicleta por el manillar, abría la verja y se dirigía a la casa silbando aquello de «Desde Santurce a Bilbao». Pulsó el timbre, sin dejar de silbar, y esperó unos segundos antes de volver a pulsarlo. Esta vez la puerta se entreabrió y apareció uno de aquellos individuos.

—¿Qué quieres, muchacho? —preguntó con malos modos.

—Traigo un telegrama para el profesor.

—Bien, dámelo a mí.

—No puedo. Usted sabe que un telegrama ha de entregarse en propia mano al destinatario. Además, tiene que firmar.

El hombre masculló un par de tacos y luego dijo:

—Yo firmaré. Él no está en este momento.

El plan estaba fallando de forma lamentable. La idea era que el individuo aquel dejara la puerta abierta y pudiera colarse por ella alguno de nosotros. Pero permanecía asomando sólo medio cuerpo y cerrando todo resquicio con la otra mitad de su anatomía. Y esta vez fue Pepe el de la idea genial. Apareció de pronto como si viniera corriendo y se dirigió al sujeto.

—Oiga, ¿es usted el propietario de un vehículo que está un poco más allá? Se lo digo porque he visto a dos o tres chicos que han abierto la puerta y se lo están robando.

Pepe nos contó después que se le había ocurrido la idea de que aquellos hombres no habrían llegado caminando. Que lo del vehículo lo dijo porque no sabía si era coche, furgoneta o camión. La verdad es que acertó de pleno.

El tipo se volvió al interior y grito:

—¡Eh, vosotros! ¡Salid, que nos están robando el furgón!

Los otros tres salieron alarmados y uno de ellos preguntó:

—¿Quién te ha dicho eso?

Pepe intervino muy seguro.

—Yo los he visto. Son dos o tres y con una barra de hierro han forzado la puerta de su furgón.

Ahora ya sabía que era un furgón y no un utilitario.

El que parecía el jefe ordenó:

—Vosotros dos venid conmigo. Tú quédate aquí y ocúpate de que el de Correos y el chico ese se marchen.

Y se alejaron corriendo.

Mientras, Pedro, Paloma y Pili habían aprovechado la ocasión y penetrado en la casa. Yo, junto a Bunting, esperaba el momento de actuar.

Francisco y Pepe se enzarzaron en una discusión en la que mezclaban telegramas y robos de furgonetas, ante la mirada divertida del hombre. Pero finalmente éste se cansó.

—Vamos, chicos, basta de charla y fuera de aquí antes de que me enfade.

Lo vi dirigirse hacia la puerta y sentí que

mi pulso se aceleraba. ¡Iba a sorprender a nuestros amigos! Ya me disponía a lanzarle a Bunting cuando oí la voz de Francisco.

—Oiga usted. No me apetece volver mañana, así es que voy a darle el telegrama. Pero tiene que firmar en esta libreta.

El tío aquel se encogió de hombros y se acercó a Francisco. Mientras, Pepe se puso tras él y se agachó como si fuera a recoger algo del suelo. ¡Y ése fue el momento! Cuando el tipo extendía la mano para alcanzar el bolígrafo que Francisco le tendía, éste le dio un gran empujón. El hombre vaciló, tropezó con Pepe y se vino al suelo.

Yo vi una vez una pelea de gatos. Estaba en la ventana de mi casa... No sigo, tranquilízate. Pero eso sí, aquello parecía una pelea de gatos, auténtica al cien por cien.

Nunca pude saber quién hubiera ganado, porque en aquel momento salieron de la casa Paloma, Pili y Pedro acompañados de..., ya nada de *Osos*, de Otto y Dagmar. Todos iban bien armados con palos, sartenes y atizadores.

No es necesario describir el combate, que terminó de forma muy lamentable para aquel individuo que pronto se vio amarrado y con algún chichón de regalo.

—*Entrar en casa a bandido*— rugió Otto—. *Y esconder todos que yo avisar próximo combate.*

Dagmar, que llevaba una gran sartén en la mano, le dio con ella al sujeto para indicarle que entrara, y nunca mejor dicho eso de *sujeto,* ya que parecía un ovillo de lana.

El hombre obedeció. Dagmar, seguida por Paloma y Pilar, entró en la casa con el prisionero y cerró la puerta.

Tuve que calmar a Bunting, que excitado con tanto jaleo quería escaparse a tomar parte, y por eso no me di cuenta del tiempo transcurrido hasta que oí gruñir a mi peludo compañero y, luego, las voces de los tres hombres que regresaban.

Venían maldiciendo en todos los tonos a los muchachos que se inventan robos de furgonetas para divertirse y prometiendo toda clase de suplicios al causante de su paseo si le ponían las manos encima.

Se detuvieron ante la casa y llamaron a su compañero. En seguida se extrañaron de que éste no apareciera ni contestara. El que parecía el jefe se llevó un dedo a la boca pidiendo silencio. Se señaló a sí mismo y luego señaló la puerta, indicando que él iba a entrar en la casa. Alzó una mano y apuntó hacia la derecha y hacia la izquierda. Los otros dos asintieron y avanzaron hacia los puntos señalados.

El de la izquierda iba recto al sitio donde se ocultaban Otto y Pedro; el jefe, a la casa, donde le esperaban Dagmar, Paloma y Pili, armadas con sus atizadores y sartenes. Pero el que iba hacia la derecha. ¡No iba! ¡Venía! ¡Y derecho a la derecha, que era donde yo estaba!

Te hablé antes de una pelea de gatos, pues imagínate ahora muchas peleas de gatos, muchas, pero todas dentro del mismo patio.

Una vez leí una frase para definir un gran jaleo: «Y se armó la de Troya». La de Troya fue una gran batalla que ocurrió hace mucho tiempo por causa de una tal Elena. También la del caballo famoso, que no era caballo, sino una figura de madera que tenía dentro un montón de soldados. ¡No te enfades, que esto es cultura! Claro que, si te empeñas, seguiré con la narración. Pero antes he de decirte que el autor de la frase, si llega a ver lo que voy a contarte, la hubiera cambiado por esta otra: ¡Y allí se armó la de la Casa del Pánico!

El hombre que venía hacia mí estaba a dos o tres pasos cuando me descubrió y soltó un feo taco. Yo sentí un escalofrío. Bunting gruñó. Y en ese momento pasaron varias cosas que me es difícil contar en orden, ya que, sinceramente, no sé cuál fue primero y cuál después. Sólo sé que ocurrieron una tras otra.

Por una de las ventanas de la casa, la que llamábamos escotilla de emergencia, salió dando un salto el jefe de aquellos hombres. Por la puerta, y corriendo tras él, Dagmar, Pili y Paloma.

El individuo corría hacia la verja con idea de escapar, pero ante él surgieron Francisco y Pepe, con los que fue a tropezar. Al poco rato, aquello era un montón de brazos, piernas y gritos que se agitaba sin cesar.

Entre tanto, el que iba por la izquierda se encontró de cara con Otto y Pedro, que se lanzaron sobre él, y poco después los tres acabaron revolcándose por el suelo.

Yo no sé si solté a Bunting, o fue él el que se soltó de mi mano. El caso es que, como una bala peluda, saltó hacia delante y derribó al hombre que se nos acercaba, a la vez que lanzaba aquel cavernoso gruñido que pone los pelos de punta a cualquiera que no lo conozca. El ladrón, tumbado en el suelo y con las patas de Bunting sobre el pecho, permaneció inmóvil, con los ojos muy abiertos, escuchando aquel profundo gruñido, como una serpiente que oye la flauta de su encantador.

Fui de un lado a otro, como una auténtica corresponsal de guerra, tomando nota mental de cada una de las escaramuzas de aquella batalla para luego poder contarlas al detalle.

Hubo un momento en que dejé de oír el gruñido de Bunting. Miré hacia él y lo vi con la cabeza alzada y las orejas tiesas, como escuchando algo. Luego volvió a enseñar los colmillos y a gruñir mirando al pobre tipo que tenía bajo las patas.

Bunting no se equivoca nunca e inmediatamente me lo confirmó el sonido de la sirena de un coche patrulla que sonaba cada vez más cerca.

Miré a mi alrededor, pero nadie, excepto nuestro peludo amigo, parecía haberse dado cuenta de la inminente llegada de la policía.

Mi ladrón (puedo llamarlo así, ¿no?), el de la derecha, permanecía inmóvil con el hocico de Bunting rozándole la nariz. El de la izquierda yacía, el pobre, boca abajo, con Otto sentado sobre su espalda y Pedro sobre sus pies. El otro, el jefe, estaba de pie, apoyado en un árbol y rodeado de palos, atizadores y sartenes que se movían amenazadores a su alrededor. Al cuarto me lo imaginé, atado como un salchichón, dentro de la casa.

Y esto fue lo que encontraron los agentes al llegar, tras desplegarse rápidamente tomando posiciones.

Descubrí a Pablo, con su llamativo casco, junto a un gigantesco policía que parecía ser el jefe. Más tarde me contó el pequeñajo lo que había disfrutado en el coche patrulla, con sus luces y su sirena, volando en ayuda de sus amigos.

—Claro que —me confesó— vosotros podíais haber esperado un poco para que yo también pudiera tomar parte en la batalla.

En un momento los ladrones fueron esposados, incluido el que estaba dentro de la casa, al que por cierto tardaron varios minutos en desatar, y luego metieron a los cuatro en uno de los coches.

El jefe de los policías, al que Pablo llamaba sargento Mendoza, nos felicitó por la captura de los bandidos.

— Además —añadió tras haber escuchado todas las declaraciones—, si un día necesito ayuda, ya sé a quién pedirla.

Pablo se empeñó en ir en uno de los coches de la policía. Se había dejado la bici en comisaría, nos aclaró, y tenía que recogerla.

Por otro lado, Dagmar y Otto, que no cesaban de darnos las gracias, querían que nos quedásemos un rato con ellos. Les dijimos que se había hecho tarde y que no podíamos, pues nuestros padres se inquietarían. Al final, acordamos volver al día siguiente para merendar.

De esta forma acabó lo de los ancianitos. Como te decía al principio, fue... magnífico, que no termina en *-oso*. Claro que aún continúa el misterio de la máquina del tiempo, pero quizá con un poco de ídem, es decir, de tiempo, aclaremos el enigma.

8
Pedro cuenta... el viaje en el tiempo

Hola. ¿Estás ahí? Ya te veo, ya. Oye, a estas alturas eres uno más de los nuestros. Formas parte de la Pandilla, ¿verdad? Nos conoces y sabes nuestros nombres, lo que hacemos, lo que nos gusta y, punto por punto, lo que nos ha sucedido desde que empezaste a leer la primera página. También nosotros te conocemos a ti, ya que llevamos algún tiempo juntos en esta aventura que aún no ha terminado.

Tengo que contarte lo ocurrido después de la captura de los ladrones. Han pasado muchísimas cosas.

¿Sabes que Bunting ya no está en nuestra

casa? Pues así es. Mi hermano Pablo puso el grito en el cielo y nos costó bastante convencerle de que en la Casa del Pánico, es decir, en casa de Dagmar y Otto, estaría mucho mejor que en la nuestra. Allí tiene espacio para correr y saltar, un estanque para bañarse y un montón de alicientes más. Pero, sobre todo, y esto fue lo que convenció al pequeñajo, cuidará de los dos ancianos y todos estaremos más tranquilos sabiendo que ellos no corren el peligro de ser asaltados de nuevo; tienen a Bunting para defenderlos. Tú estarás de acuerdo con esto, ¿no?

Por otro lado, hemos recuperado, en cierto modo, nuestro territorio: no la Casa del Pánico (aunque entramos y salimos de ella cuando queremos), pero sí los rincones del parque.

El caso es que tanto Dagmar como Otto, que están muy agradecidos por haberlos defendido, han insistido mucho en que volviéramos a usar el jardín como lugar de reuniones.

Dagmar nos lleva refrescos y trozos enormes de esas tartas maravillosas que hace. También nosotros preparamos a veces algún postre (fue idea de las chicas) para invitar al matrimonio. Y así, hay días que, cuando llegamos a casa, no hay quien tenga sitio para la cena en su estómago.

Aparte de esto, lo cierto es que nos hemos hecho muy amigos; incluso les enseñamos a hablar en nuestro idioma. Es curioso, Dagmar aprende muy deprisa, mientras que a Otto, tan sabio, le cuesta lo suyo. Pese a estas dificultades del idioma, me agrada hablar con él y pasamos largos ratos charlando de todo. Sí, de todo, incluso de la máquina del tiempo. ¡La de cosas que he aprendido! Porque, ¿sabes?, voy a viajar a otros países, a otros tiempos, a conocer a gentes que vivieron hace miles de años...

Es difícil de creer, ¿verdad? Pues voy a explicarlo con orden para que te enteres de todo.

El otro día Otto recibió un enorme cajón

lleno de libros. No es una novedad, ocurre con frecuencia, pero nunca un paquete tan grande.

—*Escritos en español, Pedro* —me dijo—. *Debo practicar tuyo idioma y ésta ser mejor forma, aparte de lo que tú enseñas a mí. ¿Me ayudas a entrarlo?*

Parecía fácil, pero no lo era. Habían dejado el gran paquete junto a la verja de entrada y teníamos que atravesar todo el jardín para llevarlo hasta la casa.

Con un gran esfuerzo alzamos la enorme caja unos centímetros, pero nos vimos obligados a dejarla de nuevo en el suelo.

—*¡Puf!* —masculló Otto con la cara arrebolada—. *¡Esto no hay quien moverlo de aquí!* —me miró como justificándose—. *Con los años yo haber perdido fuerza. Tú, con los años, tendrás más. Pero ahora no poder ninguno de los dos.*

—Tienes razón —le dije—. Yo soy muy joven y tú estás un poco mayor.

—¡No, no, Pedro! Yo no ser mayor viejo, yo sólo tener muchos años. Ser anciano cuando no tener esperanzas; cuando no soñar; cuando no esperar cosas maravillosas. Viejo ser el que, al despertar, en lugar de una sonrisa ante el día nuevo, tiene una amarga mueca. He perdido mi fuerza física y no poder yo correr los cien metros lisos, pero eso ser vejez del cuerpo, desgaste de los años. ¿Sabes?, yo aún soñar, reír, tener ilusiones y esperanzas. Yo, dentro, ser muy joven.

Asentí sonriente.

—Es cierto lo que dices. Pero también es cierto que no podemos mover esta caja de aquí.

—Jóvenes los dos, pero no tontos, Pedro. Abrir caja nosotros y llevar libros a casa poco a poco.

—De acuerdo —admití riendo—. Como tú dices: jóvenes pero no tontos. Así que propongo esperar a que lleguen los de la

Pandilla y entre todos haremos cómodamente el trabajo.

—*Ser cierto, Pedro, ser cierto. Ahora sentar y hablar para yo aprender español.*

Nos sentamos, hombro con hombro, sobre la gran caja: Otto, esperando que yo comenzara con mis clases de idiomas; y yo, sin poder apartar de mi mente la idea de la máquina del tiempo.

—Otto —pregunté casi sin darme cuenta, convirtiendo en palabras las ideas que bullían por mi cabeza—, ¿tú tienes una máquina del tiempo? Contéstame la verdad, por favor.

Me miró de frente. Tiene los ojos muy azules, como el cielo de verano, limpio y sin nubes.

—*Yo siempre contestar verdad... o no contestar nada. Tú pedir respuesta, pero yo preguntar antes a ti. ¿Qué ser eso que llamar máquina del tiempo?*

—Es sencillo, Otto. Eso que sirve para trasladarse en el tiempo y la distancia.

—*Ya, ya. Yo contestar entonces que sí tener eso.*

¡Tenía una máquina del tiempo! Por unos momentos me pareció que el corazón se me pasaba del pecho a la cabeza. ¡Al fin teníamos una confirmación a nuestras sospechas! ¿Qué dirían los de la Pandilla cuando se enteraran? Mi corazón volvió a su sitio y la cabeza se me llenó de preguntas.

—¿La inventaste aquí, durante estos días?

—*¡Oh, no! Yo tener inventada ya; aquí perfeccionar día a día.*

—¿Viajas mucho en ella, Otto? ¿Cuántas personas caben? ¿Eliges el sitio adonde ir?

Movió la cabeza de un lado a otro diciendo:

—*Muchas, ser muchas preguntas. Pero yo contestar que viajar con frecuencia, que caber personas que querer y qué sitio a ir elegir yo.*

Su español era un desastre, pero lo que me contaba era maravilloso.

—¿Podré ir contigo un día, Otto?

—*Sí poder, y yo alegrarme mucho si venir con mí.*

—*Con mí* no es correcto; se dice *conmigo.*

—*Bien, con mí... o conmigo, ¿a dónde quieres ir?*

No lo dudé ni un instante.

—A la Prehistoria. Me gustaría saber de aquellos hombres y verlos cazar. Porque puedes cazar, ¿verdad?

—*No ser fácil cazar animales grandes con armas de piedra. No haber entonces armas de fuego.*

—Podríamos llevar alguna por si acaso, ¿no crees? Aunque..., mejor no —me contesté yo mismo—. No se puede interferir en la historia viniendo del futuro, ¿verdad?

—*No, Pedro, no poder hacer las cosas distintas a como fueron, pero sí poder cazar con la tribu de hombres de las cavernas. Luego asar carne a la entrada de la cueva, conocer a ellos, vivir con ellos. Eso sí poder.*

—¿Mañana, Otto? ¿Podemos ir mañana?

—*Cuando tú querer.*

Me acordé de Pablo.

—¿Puede venir mi hermano con nosotros?

—*Sí, sí poder venir también pequeño Pablo* —dudó un momento y continuó—: *Mañana ser viernes, también poder venir papá tuyo y mamá tuya.*

—¿Tú crees que les gustará hacer un viaje en el tiempo?

—*Yo creer que sí. Decirles que invitar a comer, sólo eso... y después veremos qué hacer ellos.*

Llegaron los de la Pandilla, ayudamos a Otto a meter los libros y, cuando éste se fue, pude contarles todo lo que había pasado.

—Así es que tiene una máquina del tiempo. ¡Vaya, vaya! Entonces no nos equivocamos —murmuró Francisco.

—¿Y dices que vas a viajar con él a la Prehistoria? —preguntó Paula.

—Eso es —respondí—. Con Pablo y mis padres, si ellos quieren, claro.

—Yo sí iré —confirmó Pablo—. Oye, ¿sabes si podré llevar la bici?

—No lo creo. Pero sí podrás llevar el casco. ¿Vale?

—Vale. Y me llevaré también un *walkie-talkie* y la linterna grande. Nunca se sabe.

—Oye —me preguntó Pili—, ¿tú crees que Otto sabe lo que hace? Lo digo porque estos sabios, a veces, tienen ideas muy raras. Yo me pensaría mucho lo de ese viaje en el tiempo. Aunque —reconoció— debe de ser maravilloso.

—Yo creo que es buena persona —comentó Paula—. Pero estoy de acuerdo con Pili. ¿Es buen sabio también? ¿Te imaginas quedarte allí, un montón de años atrás, sin poder regresar? Recuerdo una vez, cuando fuimos de vacaciones, que nos pasó algo parecido, bueno, no igual, claro, pero sí...

—Pues si no quieres el billete, Pedro, dámelo a mí. Es mi rollo eso de viajar —intervino Pepe con los ojos brillantes de entusiasmo—. Me *mola* de verdad, tío, una aventura como ésa.

Francisco apoyó la idea de Pili. (Qué raro, ¿verdad?)

—Debes pensarlo bien, Pedro. No es un viaje en coche a la costa, precisamente.

—Chicos —les dije muy seguro—, no voy a renunciar por nada del mundo a algo tan fantástico como un viaje a la Prehistoria.

Paloma me pidió que le trajese alguna flor o la pluma de cualquier ave extraña.

—Y si no, una piedrecita —terminó diciendo—. El caso es tener un recuerdo.

—Si me deja Otto, me llevaré también la máquina fotográfica —aseguró Pablo.

Aquel mismo día, durante la cena, dije a mis padres lo de la invitación de Otto y Dagmar para ir a comer a su casa al día siguiente.

—No va a poder ser —dijo mi madre—. Mañana por la tarde viene la tía Matilde a merendar. Quedé con ella el jueves pasado.

—Llámala por teléfono y dile que deje la visita para otro día. Me apetece ir a casa de esos extranjeros. Tenemos que ser buenos vecinos, ¿no crees? Además, así practico un poco mi alemán, que lo tengo algo olvidado.

La verdad, entre nosotros, es que mi padre no simpatiza mucho con la tía Matilde, que se pasa el rato hablando de sus dolores de espalda, de reúmas, artrosis y cosas de ésas. En cuanto a su alemán, sólo puedo compararlo con el español de Otto, y le hago un favor a mi padre.

—De acuerdo, no se hable más. Iremos a casa del profesor —concedió finalmente mi madre—. Lo que sí tenemos que hacer es corresponderles con otra invitación la semana que viene. ¿No te parece?

—Vale —respondió mi padre—. Son personas muy agradables.

—Prepararé un menú típicamente español.

Todo eso aconteció la víspera del gran día. No pude dormir bien aquella noche; por un lado, a causa de las mil ideas que pasaban por mi cabeza, y por el otro, porque Pablo llegó, encendió la luz, se sentó al borde de mi cama y se empeñó en leerme algo sobre la Edad de Piedra.

La mañana se me ha hecho eterna, pero al fin vamos a salir hacia la casa de Otto. Papá está tocando el claxon y oigo a los demás que ya salen.

Cuando regrese, te contaré nuestra aventura, a ti y a los demás de la Pandilla.

9
Francisco cuenta... el gran viaje

Impensable hasta cierto punto, pero la triste realidad es que estaba convencido de que se habían quedado allí para siempre...

¿Tú eres el del libro? ¿El nuevo miembro de la Pandilla? Si me conoces un poco, y creo que sí, sabrás que me gusta tomarme las cosas con calma para no cometer errores. Sin embargo, estaba preocupado, pues nuestros amigos no aparecían por ningún lado.

Verás, era sábado, al día siguiente de la experiencia a través del tiempo, así que llamé temprano a Pedro y Pablo para saber cómo había salido el curioso viaje, en el cual te confieso que ni creía ni dejaba de creer, pero nadie cogió el teléfono. Pensé que aún estarían durmiendo.

Cerca de la una me telefoneó Pili, alarmada.

—He llamado un montón de veces por teléfono a Pedro y Pablo y, como no contestaban, me he acercado a su casa. Allí no hay nadie, está cerrada. ¿Estarán aún en casa de Otto?

Nos reunimos con el resto de la Pandilla, subimos a las bicis y salimos como rayos hacia la vivienda de los extranjeros.

Estaba solitaria. Únicamente Bunting vino a saludarnos loco de contento. Golpeamos puertas y ventanas, gritamos, y nada, no hubo respuesta.

Al fin Pepe se decidió. Subió por una enredadera hasta una de las ventanas y logró penetrar en la casa.

—No hay nadie dentro —nos dijo al regresar—. La he recorrido de punta a punta.

—¿No has visto nada que pueda ser esa máquina? —preguntó vacilante Paloma.

—Hay una habitación cerrada en la que no he podido entrar, pero he mirado por el ojo de la cerradura y estaba llena de extraños aparatos. Cualquiera de ellos puede ser la máquina del tiempo.

Paula había descubierto otra cosa.

—Parece como si supieran que iban a estar algún tiempo lejos de aquí. Mirad cuánta comida tiene Bunting y hay una fuente repleta de huesos para que se entretenga. Además tiene dos cubos llenos de agua.

—Las bicicletas de Dagmar y Otto están en la parte trasera —informó Pili—. Así que no han salido a pasear.

Nos sentamos en un rincón del jardín sin saber qué hacer, esperando que sucediera algo y pensando en nuestros amigos Pedro y Pablo, nuestros queridos hermanos Picapiedra, ejerciendo como tales en la Prehistoria.

—¡Vamos, colegas! —estalló de pronto

Pepe—. ¡No podemos estar aquí, sin hacer nada!

—¿Es que hay algo que nosotros podamos hacer? —preguntó Paloma.

—¡Claro que sí! —afirmó Pepe—. Entremos en la casa, miremos en esa habitación llena de aparatos y demos de una vez con la máquina del tiempo.

Traté de aclarar las cosas.

—Te comprendo, Pepe —le dije—. Pero, ¿cómo vamos a saber cuál es la máquina del tiempo?

—Si es que esa máquina existe —interrumpió Paloma, y ante nuestros gestos de estupor continuó—: Leí una novela en la que se viajaba al pasado sin máquina alguna. Se tomaban una bebida de color opalino, es decir, algo así como blanco y azulado con reflejos irisados, en unas copas largas. Luego hablaban del lugar al que iban a ir y poco a poco se difuminaban y aparecían allí.

—Eso es un invento de un novelista —replicó Pepe—. Una máquina es una máquina y ha de tener un digital con fechas y otro con lugares adonde ir..., supongo.

—La que yo vi en el vídeo, en una película del futuro, era como un rayo de luz —informó Paula—. Se ponían bajo ese rayo y se trasladaban de lugar. No había digitales, ni botones.

—Aunque los tenga, ¿quién se atreve a tocar un botón o mover una palanca, sin saber cómo se maneja la máquina? —aclaró razonablemente Pili—. En lugar de traerlos, es posible que los enviemos a otro lugar y a otro tiempo sin darnos cuenta.

(En la Pandilla todos son estupendos, pero Pili, hay que reconocerlo, es única, ¿verdad?)

Estábamos todos pensando en sus sensatas palabras cuando el *walkie-talkie* que llevaba Pepe hizo un ruidito como si alguien tratara de comunicar.

—¡Aquí Patrulla del Pánico! —dijo excitado mientras extraía la antena y apretaba el comunicador—. ¡Cambio!

Se volvieron a oír los extraños sonidos y luego, muy débil, se escuchó ¡la voz de Pablo!

«*Ruuu, fuiiiiii*... Sí, Pepe... *Criiiii, rufffff*... con Pedro y los demás *friiii, ruiiiii*... Cambio.»

Nos miramos todos emocionados, mientras Pepe movía el *walkie-talkie* como si así pudiera oír y hacerse oír mejor.

—¡Te oigo, Pablo, pero débil y con ruidos! ¡Habla despacio, por favor! ¡Cambio!

«*Fruiii, preeeeeraffff*... pilas agotadas... *griiiiii, fruiiiii*... aquí no hay pilas como comprenderás, ni dónde comprarlas... *fruiiiii*. Corto y cambio.»

—No, no cortes, por favor, Pablo. Dinos dónde estás.

Siguieron toda clase de ruidos y al fin se oyó la voz de Pablo muy débil.

«... todos conmigo en la cueva. *Friiiiiii*,

rasssss... bien, *fruuuu... ruiiiii...* pequeña avería. *Friiiii...* atraso *friiiiii* regreso *pruuuuu* hasta mañana. Corto.»

Locos de alegría, hablamos todos a la vez sin que se comprendiera nada de lo que nos decíamos unos a otros, hasta que al fin nos fuimos entendiendo.

—Están bien, todos están bien —repitió Paloma una y otra vez con lágrimas en los ojos.

—Ha sido una pena lo de las pilas agotadas. Seguramente ha estado llamando con frecuencia y se le han gastado. Recuerdo que en mi casa una vez se fue la luz y todas las linternas... —comentó Paula sin poder terminar.

—Por mucho que pienso —murmuró Pili, más para sí que para los demás—, no me explico cómo ha podido Pablo contactar con nosotros si está a miles de años y miles de kilómetros de aquí.

—Esto de las ondas, del tiempo y las distancias es un misterio muy grande —sentenció Pepe—. Pero la verdad es que lo hemos oído, colegas, y eso es lo que importa.

—Sin duda —intervine yo—. También dijo algo de que estaban en una cueva y se refirió a una avería.

—En la máquina del tiempo, sin duda alguna —afirmó Pepe convencido—. Por eso no han regresado aún.

—Pero dijo igualmente «hasta mañana», y eso es señal de que la han arreglado o están a punto de hacerlo —aclaró Pili.

Seguimos aún un buen rato comentando las fragmentadas palabras de Pablo y sacando conclusiones de todos los tipos. Ya no estábamos angustiados y la esperanza de ver pronto a nuestros amigos nos había puesto alegres.

Nos pusimos de acuerdo para regresar a nuestras casas y prometimos estar allí al día siguiente para esperar el retorno de los viajeros del tiempo.

Aquella noche, la verdad sea dicha, no dormimos ninguno. Empezamos llamándonos por teléfono para comentar lo que se nos ocurría, luego meditamos sobre la almohada y todos nos sentimos morir de impaciencia por ver llegar el nuevo día y con él, el regreso de nuestros amigos, del cual estábamos convencidos.

Y al fin llegó la mañana del anhelado domingo, el momento que tú también esperabas como nosotros.

Después de comer (fue imposible conseguir que nuestros padres nos dejaran libres antes), nos fuimos a la casa de Otto y Dagmar.

Llegamos sudorosos a causa de la carrera y los nervios, soltamos las bicicletas en el jardín y nos dispersamos por él mirando a todos lados.

—Hola, amigos. Qué alegría veros.

La voz de Pedro, como un imán, nos atrajo a todos ante la casa. Miré a todos lados sin verlo, hasta que la cara de Pepe, mirando con la boca abierta hacia la ventana que en tiempos pasados fue la de la cabina de sonido, me hizo volver la vista y ver allí a nuestro compañero, que nos saludaba sonriente.

Se abrió la puerta de la casa y apareció Pablo corriendo.

—Llegamos hace un momento y nos extrañó no veros aquí. Ya os dije por el *walkie-talkie* que regresábamos hoy.

—No comprendimos todo lo que nos decías —le aclaré—. Se oía muy mal.

—Traté de deciros que las pilas estaban gastadas. Y allí no hay tiendas donde comprar otras —rió feliz—. Fue maravilloso este fin de semana, ya os contaré.

Pedro, que ya había bajado de la buhardilla, salió junto con sus padres y el matrimonio alemán, y añadió:

—Lo fastidioso fue el regreso, por culpa de la avería que tuvimos y el atasco que encontramos.

—¿Atasco? —preguntó Pili incrédula—. ¿También hay atascos en ese tipo de viajes?

—¡Naturalmente! —se vio en la obligación de aclarar Pepe—. Nuestros amigos vienen del pasado, nosotros estamos en el presente, ¿pero qué me dices de la gente del futuro? Seguro que ellos, en lugar de televisores, lo que tienen en casa son máquinas del tiempo. ¿Te imaginas, colega, lo que sería poder ir a lugares de interés turístico, no contaminados, como la Prehistoria? Sin papeles, chicles, colillas, botes vacíos ni plásticos por todos lados. Seguro que su rollo es viajar a sitios *guay* como ése y es lógico que haya atascos los fines de semana.

Los padres de Pedro y Pablo se echaron a reír ante las palabras de Pepe, y Otto comentó:

—*Yo no entiendo lo que decir nuestro amigo Pepe. Tú decirme en tuyo alemán, que ser malo como mío español, lo que decir.*

Sonrientes, estuvieron un rato hablando

entre los dos matrimonios, mientras los demás nos dedicábamos a preguntar sin descanso a nuestros amigos.

—¿La avería fue muy importante? —preguntó Pepe.

—Simplemente un fallo eléctrico —respondió Pedro—. Pero ya sabes cómo son estas cosas.

Pablo intervino.

—Otto es un manitas. Miró, remiró y pronto dio con ella.

—La cueva esa desde donde nos llamaste —preguntó interesada Paloma—, ¿era grande y bonita?

Con cierta perplejidad, Pablo la miró antes de contestar.

—Bueno, es del mismo tamaño de siempre. Y bonita sí lo es. Ya conoces a mi madre: flores por aquí, detallitos por allá... Pedro y yo hemos hablado de ir todos y pasar allí unos días. Merece la pena. El paisaje es precioso.

—Yo no sé si me atreveré a hacer un viaje de ésos —argumentó Pilar.

Paula se estaba impacientando y no se pudo contener.

—Todo esto es muy interesante —comentó—, pero lo que queremos saber con detalle es cómo fue ese viaje a la Prehistoria, cómo funciona la máquina del tiempo, lo que se tarda en ir y volver...

Los dos hermanos se miraron y al fin fue Pedro el que respondió.

—El viaje fue precioso, la verdad, y aprendimos un montón de cosas. Lo que se tarda en ir y volver depende.

—Y cómo funciona la máquina del tiempo... —intervino Pablo—, es mejor que lo explique Otto.

Los mayores se habían acercado y el profesor asintió.

—*Sí, yo explicar detalles. Y si querer, ahora hacer un viaje a alguno sitio elegido.*

El padre de Pedro y Pablo comentó alegremente:

—Estupendo, aún tenemos la tarde por delante y es interesante que estos jovencitos aprendan a viajar en la *máquina del tiempo*.

—Sí, vamos— invitó Dagmar luciendo su mejor sonrisa—. En la casa tenemos esa maravillosa *máquina*.

Comentando y riendo entraron los mayores y los demás los seguimos en el mayor silencio, mirándonos de reojo y, todos, estoy seguro, con ganas de salir corriendo, pero con más ganas aún de desvelar el secreto de la misteriosa máquina.

Pasamos junto a la habitación, ahora con la puerta abierta, donde estaban los extraños aparatos que nos había descrito Pepe, luego por un pasillo y, finalmente, entramos en un salón muy amplio, en semipenumbra, cuyas paredes estaban cubiertas por enormes estanterías de madera, limpias, brillantes y repletas de libros. En el centro, una gran mesa rodeada de sillones.

Dagmar nos invitó a sentarnos mientras Otto encendía unos focos y manipulaba un panel de botones verdes y rojos. Me vino a la memoria la gran lámpara de cristales que había antes. Ahora la sustituían unos carriles, o algo así, por los que se deslizaban suavemente unos esmaltados tubos de los que brotaron círculos de luz blanca, que se proyectaron delante de cada uno de nosotros.

—Oye, tío— murmuró Pepe a mi lado—. Esto va a ser como decía Paula, con eso de los rayos transportadores que vio en el vídeo de su casa.

La verdad era que la escena imponía. Dagmar había salido de la habitación acompañada de los padres de Pedro y Pablo. Otto estaba de pie observándonos; los demás, sentados, muy serios, tremendamente serios, mirándonos unos a otros y fijándonos más de lo debido en aquellos focos sospechosos.

En cambio, los dos hermanos Picapiedra estaban sonrientes y felices, como deseando que todo empezara de una vez.

Aún permanecimos en silencio cuando llegó Dagmar acompañada de los padres de Pedro y Pablo. Traían unas bandejas con alargados vasos y otras con bocadillos de todas clases.

—Así el *viaje* será más grato —dijo la alemana con una sonrisa mientras iba colocando ante cada uno el estilizado vaso.

Fue lo único que se oyó, aparte del tintineo del cristal, y el roce de las bandejas. Los de la Pandilla, excepto los dos hermanos, estábamos como hipnotizados contemplando el líquido opalino que contenían los recipientes.

—Esto me recuerda...

La voz de Paloma era débil y temblaba ligeramente. Por otro lado, no fue preciso que dijera nada más. Recordábamos perfectamente lo que nos había contado sobre la novela en la que se tomaban un líquido opalino en largos vasos para viajar al pasado.

—*Y ahora, míos amigos, vamos a viajar al elegido lugar por cada uno.*

El horroroso español de Otto ya nos sonaba como algo normal.

—Y... Pero... ¿No vamos a viajar todos al mismo lugar?

Esta vez, la voz débil y temblorosa fue la de Pili.

—*Como querer* —respondió el profesor alemán—. *El otro día viernes ir en grupo a Prehistoria. Poder ser ir juntos.*

—Si tengo que viajar al pasado —dijo Pepe muy convencido—, quiero ir al bosque de Sherwood y recorrerlo junto a Robin Hood y sus compañeros Little John, Much y los demás.

Tomó un largo trago del vaso y continuó:

—Si es que fue un personaje real, claro.

—*Para mi sistema no importa qué ser leyenda o realidad* —afirmó Otto, y puso un libro ante Pepe—. *Irás al bosque de Sherwood y a Nottingham. Ahora lee algo, por favor.*

Asintió Pepe y empezó a leer:

—«En mayo, cuando los bosques están lustrosos y las hojas son anchas y largas, es hermoso en la bella floresta...»

—*Continuar leyendo sólo para ti* —le dijo Otto acariciándole la cabeza—. *Buscar la sombra de los tuyos árboles de Sherwood.*

Miró a Paloma con una pregunta en sus azules ojos que luego convirtió en palabras.

—*¿Qué lugar y qué tiempo tú prefieres?*

La pobre Paloma se atragantó y no pudo contestar, bebió algo del largo vaso y al fin pudo hacerlo.

—Si pudiera elegir, sin duda, me gustaría ir a Belén, estar en la cueva junto a los pastores aquella noche...

Cogió el profesor un libro, lo abrió y leyó, muy despacio y con alguna vacilación.

—«En un altoza... altozano situado a unos dos kilómetros al este de Belén, que lleva el curioso y... expresivo nombre de Siyar-el-Ghanem, o Aprisco de las Ovejas...»

Puso el libro ante Paloma y le susurró casi al oído:

— *Ve junto a los pastores y vive tu maravillosa noche.*

—Nosotros queremos ir a la Cueva de Altamira, cuando aquellos hombre pintaban sus paredes. ¿Puede ser?

La respuesta de Otto fue extraer un libro de su estante y ponerlo ante Pedro y Pablo, a la vez que se llevaba un dedo a los labios indicando silencio. Luego se dirigió a Pilar.

—*Pilar, ¿tú deseas ir a sitio alguno?*

—Sí, claro..., aunque no sé... Bueno, a mí me gustaría conocer a María Curie... Pero eso...

—*Eso ser posible, Pilar.*

Momentos después, Pili tenía ante sí un libro y leía en voz alta:

—«En Varsovia, en la calle Nowolipki, vive Vladislaw Sklodowski, profesor de física, con su numerosa familia...»

Poco a poco la voz de Pili fue haciéndose inaudible, si bien continuó leyendo para sí.

—*¿Y tú, Paula?*

—Yo soy un poco rara, ¿sabes, Otto? Tenía que haber nacido chico en lugar de chica.

—*Ser chico o chica no importa. Lo que importa es ser tú.*

—Bueno, así como lo dices..., tienes razón.

—*Y tú, que ser tú solamente, ¿qué visitar?*

—Catay, Samarcanda, Ormuz... Vamos, en pocas palabras, viajar con Marco Polo por todos esos lugares.

De nuevo se acercó Otto a uno de los estantes, extrajo un libro y lo puso abierto ante Paula.

—*¿Y tú, Francisco?*

La pregunta de Otto me cogió de sorpresa. La verdad es que me hubiera gustado ir a las primeras Olimpíadas griegas, pero lo que contesté fue otra cosa.

—Yo, si puedo, iré con Pili junto a *madame* Curie.

A una indicación del profesor, me senté junto a ella. Su mano rozó la mía y la cogí. Leímos y leímos con las cabezas juntas.

Y así, con las manos unidas, caminamos por las calles de Varsovia, entramos en la casa del profesor Sklodowski y vimos jugar a sus cinco hijos: Sofía, Bronia, Helena, José y María, la más pequeña, a la que llamaban cariñosamente Mania. Jugamos con ellos y cada vez nos encariñábamos más con la pequeña Mania. La vimos crecer y convertirse en una joven decidida, de una gran voluntad, y con un enorme deseo de aprender.

Pili y yo estábamos junto a ella cuando se trasladó a París y se inscribió en la Facultad de Ciencias de la Sorbona. Siempre cogidos de la mano, asistimos a su boda con Pedro

Curie. Nos alegramos cuando les fue concedido el premio Nobel y alcanzaron la fama y la fortuna, ellos que tanto habían pasado para abrirse camino.

Todo se oscureció de pronto y la voz de Otto nos devolvió al presente.

—*Yo hacer volver a todos. Acabar viaje por hoy. Pero cuando querer, volver al mismo lugar, junto a los que habéis conocido, en el mismo tiempo que dejarlo.*

Se encendieron nuevamente los focos y nos vimos sentados en la gran mesa, cada uno ante su libro, en la casa de Otto y Dagmar.

Cuánto tiempo pasó, no podré decirlo nunca, ni mis amigos tampoco. Hablamos de eso después, pero cada uno, de acuerdo con lo que había vivido en aquellos instantes, contaba por horas, por meses o por años.

Y la luz no se hizo sólo en la gran biblioteca, se hizo también para mí. Supe que podía viajar a cualquier lugar, en el pasado, el pre-

sente o el futuro; conocer a sabios, artistas y guerreros; las costumbres y la vida de pueblos lejanos o ya desaparecidos. La *máquina del tiempo* ahora no tenía secretos para mí.

Sonreí con un gesto de complicidad a Otto y luego a mis amigos, pero no todos reaccionaron igual después de haber desvelado la incógnita de los viajes en el tiempo.

Pili, que aún cogía mi mano, me susurró:

—Si María Curie consiguió superar tantos obstáculos y alcanzar la meta que se propuso, ¿no crees, Francisco, que yo también puedo hacerlo?

—Yo te ayudaré —le respondí en voz baja apretando su mano.

Pedro y Pablo, riendo felices, trataban de pintar en una hoja en blanco los dibujos que habían visto en Altamira.

Paloma, con cara de desconsuelo y las manos extendidas hacia Otto, le comentó:

—No veo lo que antes veía, ni oigo las voces que escuchaba...

Otto le tapó los ojos con una mano.

—*Recuerda, Paloma, y volverás a ver y a oír. Pero si quieres saber más, otro día leer más cosas de esa maravillosa noche.*

Bajo los dedos del profesor vi cómo los labios de Paloma iban formando una sonrisa. Después, cuando Otto retiró su mano, Paloma continuó un buen rato con los ojos cerrados y su expresión feliz.

Paula movió la cabeza como si negara algo y luego comentó:

—A mí esto ni me parece mal ni me parece bien, pero, como me gusta llamar a las cosas por su nombre, pienso que... Bueno, esto me recuerda una vez que estaba tomando un refresco y sonó el teléfono. Abrí el refrigerador y dejé allí la lata mientras atendía la llamada, pero me olvidé de ella. El caso es que al día siguiente fui a buscar un poco de jamón para hacer un bocadillo, y vi la lata de nuevo. Era la misma, su contenido el mismo... , pero no era igual, ¿me explico? Le faltaban las burbujas, la fuerza... Y eso es lo que me pasa ahora, me faltan las burbujas.

Otto sonrió.

—*Esas burbujas tenerlas tú dentro de ti, ser ellas tu imaginación, tu deseo de conocer, de saber cosas nuevas, Paula. Pon ellas en tu libro y lo convertirás en la máquina del tiempo que deseas.*

—Pues a mí este rollo no me va —comentó Pepe—. Reconozco que no está mal la idea, incluso hasta es original, pero es algo para gente más *pureta*. Una máquina del tiempo es eso, una máquina, y tiene que tener pantallas digitales, botones, luces y cosas de ésas, en lugar de un montón de páginas.

Se hizo un largo silencio. Los Picapiedra dejaron de dibujar. Paloma abrió los ojos y Pili apretó mi mano, mientras todos mirábamos a Pepe. Otto dio un par de pasos y se sentó a su lado.

— *Dices y no dices verdad, Pepe. Mi*

máquina del tiempo también ser de verdad.

Pepe asintió con la cabeza.

—Bueno, pero hasta cierto punto. Los libros están inventados desde el tiempo de los chinos y esto tuyo no es una novedad precisamente. Yo esperaba de ti el invento de una máquina de verdad, que volara en el tiempo y en el espacio.

La mano de Otto golpeó suavemente el libro de Robín de los Bosques, abierto ante ellos.

—*Con esto poder viajar siempre más lejos. Entre sus páginas se encierran muchas cosas: risas, sueños, sentimientos... Pensamientos de hombres y mujeres de otros países, de otros tiempos ya perdidos, que escribir para ti lo que sentían, lo que pensaban y lo que veían. Con la máquina que tú decir, sólo viajarás, pero conocerás nunca esas otras cosas que están entre las páginas de un libro.*

—Sí, pero...

—*Piensa en lo que tú decir y lo que yo decir.*

Hubo una pausa emocionante durante la cual todos nos miramos unos a otros.

—¿Sabes una cosa, Otto? —dijo al fin Pepe envolviendo su pregunta en una amplia sonrisa—. Eres un *carroza* estupendo y voy a proponer a la Pandilla que te admitamos como socio de honor. ¡Un momento, chicos, que no admito pegas! Otto no empieza con «P», aunque está muy cerca, pero no puede negarse que es un *pureta* integral, y *pureta* empieza con «P», ¿no es cierto?

Risas, sonrisas y gritos de Pedro y Pablo que vitoreaban:

—¡Otto, Otto, Otto!

La verdad es que no sé si fue agradecimiento de Dagmar por los vivas a su esposo, o que entendió que los Picapiedras pedían «¡otro, otro, otro!», pero el caso es que llenó de nuevo los vasos con aquel delicioso refresco de color opalino, trajo más bocadillos, y los repuso varias veces, ya que desaparecían uno tras otro pese a que se hablaba sin cesar. Y así, entre risas, comentarios y bocadillos, se aclararon un montón de cosas.

El famoso viernes, después del *viaje a la Prehistoria*, los padres de Pedro y Pablo habían invitado al matrimonio alemán a pasar el fin de semana en la casita que tenían en la montaña y a la que llamaban La Cueva. La avería fue en el coche y el atasco, el de cualquier fin de semana que tú conoces también. Así fue todo de sencillo.

Cuando nos despedíamos, Paula dijo:

—Voy a escribir la historia de la Casa del Pánico. Creo que merece la pena por si alguien, un día lejano, quiere viajar en la máquina del tiempo. Es muy hermoso eso de poder escribir hoy y dejarlo para que lo lean los que vengan después de nosotros.

Y Pepe, agitando un libro que le había dado Otto, nos gritó mientras subía a su bici:

—Esta noche, en mi casa, nos vamos a

trasladar a 490 años antes de Cristo, a Maratón —rió alegremente—. Viviremos la batalla entre atenienses y persas, oiremos las voces de nuestro amigo Pan y entenderemos el pánico que sintieron las tropas de Darío.

Desde el coche, el padre de Pablo y Pedro nos indicó que fuéramos detrás de él y despacio.

Me puse junto a Pili, las bicicletas iban tomando posiciones, pero antes de arrancar miré a Otto, que me sonrió y alzó la mano. Por un momento me pregunté si era su bondad o su inteligencia la que ponía aquel grato brillo en sus ojos y hacía contagiosa su sonrisa. Quizá sean las dos a partes iguales.

Bueno, ¿y tú? Seguro que no vas a esperar a que Paula escriba la historia de la Casa del Pánico para viajar en la máquina del tiempo. Ya lo has hecho con nosotros, ¿verdad?

Y dime, ¿cuál será tu próximo viaje?

LA CASA DEL PÁNICO

Autor:

Carlos Guillermo Domínguez nació en Teror (Gran Canaria) en 1925. Su vida profesional se ha encarrilado siempre hacia el Periodismo. Empezó en la radio, terreno en el que ha dirigido diversos programas infantiles y juveniles, y obtuvo premios como la Antena de Plata de la Radiodifusión. También fue el creador y director del suplemento CHICOS, del *Diario de Las Palmas*, con el que alcanzó el Premio Nacional. Finalmente, se introdujo en la televisión, como guionista y director de programas infantiles. Y paralelamente a esta carrera profesional, nunca ha dejado de escribir historias de ficción para los niños y jóvenes, sobre todo narrativa y teatro. Entre los premios que ha obtenido como escritor, podemos citar el Premio Nacional de Teatro para la Infancia y la Juventud, el Gran Angular de novela para jóvenes, el Diploma de Honor de la CCEI, etc.

COLECCIÓN TUCÁN

Serie Verde (+10)

1. Jordi Sierra i Fabra, *El espejo del futuro*
2. Maite Carranza, *Iván, el aventurero*
3. Willi Fährmann, *Willibald, el fortachón*
4. Jaume Miquel Peidró, *La cueva del bandolero*
5. Gloria Sánchez, *La Gallina de la Paz*
6. Joel Franz Rosell, *La bruja tremenda de La Habana Vieja*
7. M.ª Jesús Losilla, *Un intruso en la caravana*
8. M. Àngels Bogunyà, *Las huellas misteriosas*
9. Mercè Company, *Axel, el mago. El espejo de C.S.R.*
10. Paloma Bordons, *Mi abuelo el Presunto*
11. Ana Martín, *Música a los postres*
12. Ann Jungman, *Escobas voladoras-Servicio a domicilio*
13. Jean Touvet, *El amigo indio*
14. Antonio Manuel Fabregat, *Cuentos para dormir a la abuela*
15. Gabriel Janer Manila, *Acuérdate de los dinosaurios, Ana María*